DOSSIER 15

ON EST QUATRE ...
EN TOUT !
ON A FAIT CONNAISSANCE IL Y A TROIS ANS...
QUAND ON ÉTAIT TRAVAILLEURS JOURNALIERS SUR UN CHANTIER !
JE NE SAIS PAS EXACTEMENT OÙ IL SE TROUVAIT ...
C'ÉTAIT À ENVIRON DEUX HEURES DE ROUTE DE LA GARE OÙ LE RECRUTEUR ÉTAIT VENU NOUS CHERCHER !
L'UN DE NOUS FAIT OFFICE DE CHEF...
IL DÉSIGNE LES CIBLES...
ET DÉCIDE DES ACTIONS À MENER !

UN DÉPUTÉ MENACÉ DE MORT
PRÉAVIS DE 72 HEURES
LES JOURNAUX DISENT QU'ON VEUT SE VENGER DE LA SOCIÉTÉ...
MAIS ILS SE TROMPENT !
NOTRE VÉRITABLE OBJECTIF, C'EST...
C'EST ...

CLAC
FUIT
FUIT
CRR

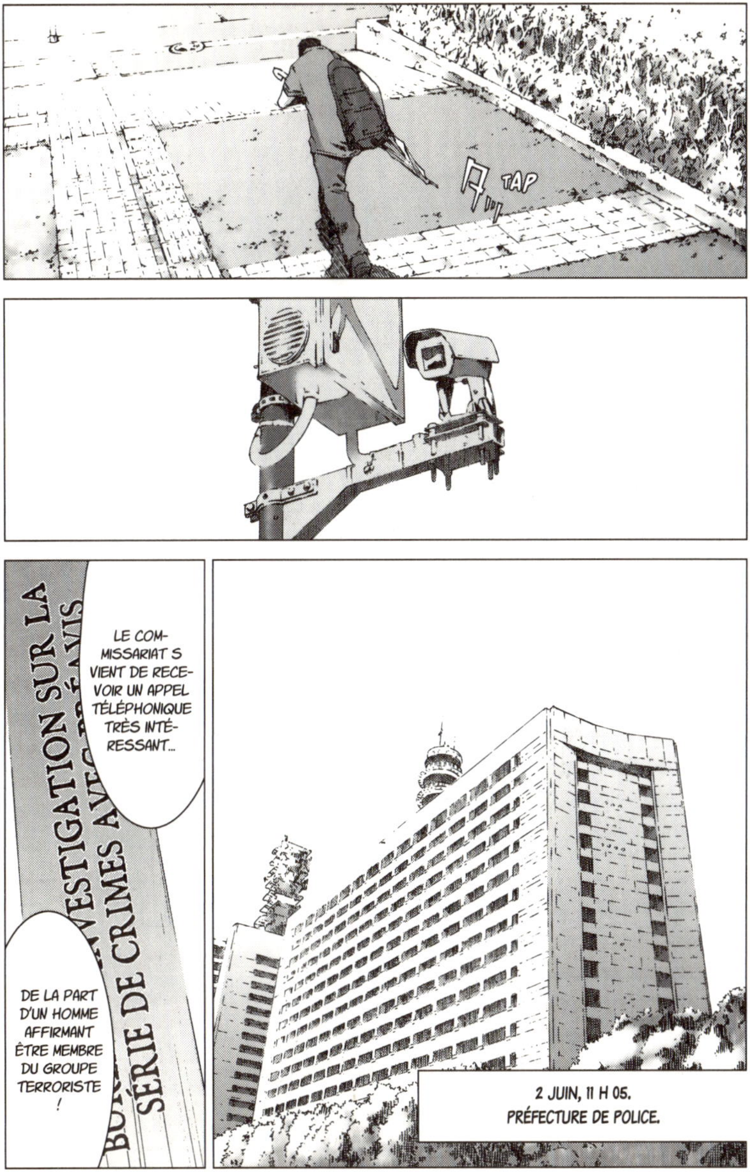
TAP
LE COMMISSARIAT S VIENT DE RECEVOIR UN APPEL TÉLÉPHONIQUE TRÈS INTÉRESSANT...
DE LA PART D'UN HOMME AFFIRMANT ÊTRE MEMBRE DU GROUPE TERRORISTE !
VESTIGATION SUR LA
SÉRIE DE CRIMES
2 JUIN, 11 H 05.
PRÉFECTURE DE POLICE.

SELON SES DIRES, ILS SERAIENT QUATRE EN TOUT !
ON SAIT DÉJÀ À QUOI RESSEMBLENT DEUX D'ENTRE EUX…
CELUI QUI MET EN LIGNE DES VIDÉOS POUR ANNONCER SES CRIMES…
DEPUIS DES CYBER-CAFÉS OÙ IL S'INSCRIT SOUS L'IDENTITÉ DE NELSIN KATO RICARTE…
AKIBA
ET CELUI QUI A PASSÉ LE COUP DE FIL, UN HOMME AVEC DES LUNETTES RÉ-PONDANT AU NOM DE KIMURA !
AUJOURD'HUI À 10 H 35, KIMURA A COMPOSÉ LE 110 DEPUIS UNE CABINE TÉLÉPHONIQUE DE L'ARRONDISSE-MENT S…
ET A FOURNI DES INFORMA-TIONS AU COM-MISSARIAT !

LES JOURNAUX DISENT QU'ON VEUT SE VENGER DE LA SOCIÉTÉ...
MAIS ILS SE TROMPENT !
NOTRE VÉRITABLE OBJECTIF, C'EST...
L'APPEL A DURÉ UNE MINUTE, PUIS NOTRE HOMME A SOUDAINEMENT RACCROCHÉ AVANT DE PRENDRE LA FUITE EN DIRECTION DE LA VILLE O !
LA POLICE LOCALE EST À SA RECHERCHE !
ÇA N'A AUCUN SENS !
SI LEUR BUT N'EST PAS DE PRENDRE LEUR REVANCHE...
JE NE VOIS PAS CE QUE ÇA POURRAIT ÊTRE !
CELA DIT...
ON NE PEUT PAS PRENDRE SA DÉCLARATION POUR ARGENT COMPTANT ...
IL ESSAIE PEUT-ÊTRE DE BROUILLER LES PISTES !

OÙ EN SOMMES-NOUS CONCERNANT LA SÉCURITÉ DU DÉPUTÉ ?
IL RESTERA TOUTE LA JOURNÉE EN VILLE, DANS UNE SUITE D'HÔTEL...
ON A RENFORCÉ L'ÉQUIPE CHARGÉE DE SA PROTECTION...
IL NE DEVRAIT PAS Y AVOIR DE PROBLÈME AUJOURD'HUI !
PAR CONTRE, DEMAIN À 17 HEURES, IL A L'INTENTION D'ASSISTER AU GALA D'UNE MARQUE DE BOISSON ÉNERGISANTE !
JE VOIS ...
J'AURAIS PRÉFÉRÉ QU'IL RESTE CLOÎTRÉ DANS SA CHAMBRE PENDANT TROIS JOURS, MAIS TANT PIS !
À NOUS DE RÉUNIR LE PLUS D'INFORMATIONS POSSIBLE SUR LES MALFAITEURS...
AVANT CET ÉVÉNEMENT !
AU TRAVAIL !

2 JUIN, 13 H 55.
VILLE A, PRÉFECTURE DE KANAGAWA.
à conserver par le commerçant
FORMULAIRE D'INSCRIPTION
IDENTITÉ
ねるそん・かとー・りかるて
(NOM)
(PRÉNOM)
Nelsin-kato-Ricarte
ADRESSE
CODE POSTAL
PRÉFECTURE
ARRONDISSEMENT, VILLE, DISTRICT
ARRONDISSEMENT, QUARTIER, VILLAGE
NELSIN KATO RICARTE...

IL A LOUÉ UN BOX LE 31 MAI, À 16 H 10...
ET IL N'EST RESTÉ QU'UNE DEMI-HEURE !
ON A PU DÉTERMINER QUE LA VIDÉO MENAÇANT LE DÉPUTÉ...
A ÉTÉ MISE EN LIGNE DEPUIS CE CAFÉ, À 16 H 30 EXACTEMENT !
QUI ÉTAIT À LA CAISSE, À CE MOMENT-LÀ ?
UN CERTAIN KASAI ! ON VENAIT JUSTE DE L'EMBAUCHER...
MAIS EN FAIT, IL N'EST VENU TRAVAILLER QUE CE JOUR-LÀ !
J'AI ESSAYÉ DE L'APPELER LE LENDEMAIN, PAS DE RÉPONSE !
JE NE LE REMERCIE PAS, TIENS !
INTÉRESSANT...

IL A L'AIR ... PLUTÔT GRAND, CET EMPLOYÉ !
OUI ... IL DEVAIT FAIRE DANS LES 1 M 80 !
IL A MÊME MANQUÉ DE SE COGNER EN PASSANT LA PORTE !
ÇA NE M'ÉTONNE PAS !
TENEZ, VOILÀ SON CV !
8 AVRIL 1977
KASAI TOMOHIKO
TOMOHIKO KASAI...
35 ANS, ORIGINAIRE D'OSAKA...
C'EST SANS DOUTE LE TROISIÈME HOMME !

C'EST BIZARRE ...
PARDON ?
PAPERBOY A PRIS LE RISQUE...
DE FAIRE EMPLOYER UN DE SES COMPLICES DANS LE CAFÉ...
ET POURTANT, IL A ENCORE UTILISÉ LE NOM DE NELSIN KATO RICARTE !
PUISQUE C'EST UN MEMBRE DE SA BANDE QUI S'EST CHARGÉ DE SON INSCRIPTION...
IL AURAIT PU DONNER N'IMPORTE QUELLE FAUSSE IDENTITÉ !
C'EST PEUT-ÊTRE POUR NOUS PROVOQUER...
"ATTRAPEZ-MOI SI VOUS LE POUVEZ !"

DANS CE CAS ...
SCRITCH
IL NE FAUT PAS LE DÉCEVOIR !

C'EST PEUT-ÊTRE POUR NOUS PROVOQUER ...
"ATTRAPEZ-MOI SI VOUS LE POUVEZ !"
DANS CE CAS ...
BIP
ブツン…
IL NE FAUT PAS LE DÉCEVOIR !
C'EST LÀ QUE LA TRANSMISSION A ÉTÉ COUPÉE !
ELLE A TOUT DE SUITE REPÉRÉ LA CAMÉRA...

JE PENSAIS POURTANT L'AVOIR BIEN CACHÉE !
ELLE A L'ŒIL, CETTE FLIC...
ELLE S'APPELLE COMMENT, DÉJÀ ?
ELLE A L'AIR PLUTÔT JEUNE !
J'AI REMARQUÉ QU'ELLE NOUS COURAIT APRÈS DEPUIS L'AFFAIRE DES GARDIENS DE LA MER !
IL Y A UN ARTICLE SUR ELLE, SUR LA PAGE OFFICIELLE DE LA PRÉFECTURE !
ELLE FAIT PARTIE D'UNE SECTION SPÉCIALE...
CRÉÉE POUR LUTTER CONTRE LES DÉLITS SUR INTERNET !
CRIMES EN SÉRIE SUR LE NET
LE DÉPARTEMENT ANTI-CYBERCRIMINALITÉ
LE LIEUTENANT...
ERIKA YOSHINO ...

D... DÉSOLÉ ...
JE VOUS AI FAIT ATTENDRE !
TAP
TU ES DRÔLEMENT EN RETARD !
QU'EST-CE QUE TU FICHAIS...
NOBITA ?
R... RIEN DE SPÉCIAL...
J'AI JUSTE TRAÎNÉ !

VSH
...
ENFIN ...
MON PLAN ÉTAIT LOIN D'ÊTRE PARFAIT...
ON EST TOUJOURS SUR LE FIL DU RASOIR !
LE SIMPLE FAIT QU'ON AIT PU SE RETROUVER AUJOURD'HUI...
TIENT DU MIRACLE !

MERCI À TOUS...
D'ÊTRE VENUS !

...

NOMOTO NETTOYAGE
2 JUIN.
ARRONDISSEMENT T, TOKYO.
LA TOUR SHITARAGI ?
UN IMMEUBLE DE BUREAUX, DANS LE QUARTIER M !
C'EST BIEN VOTRE ENTREPRISE QUI EST CHARGÉE DU NETTOYAGE DE SA FAÇADE ?
NON ...
ON NE TRAVAILLE PLUS LÀ-BAS !
DONC C'ÉTAIT LE CAS AVANT ?
EUH ...
OUI, C'EST ÇA !
CON-NAISSEZ-VOUS CET HOMME ?

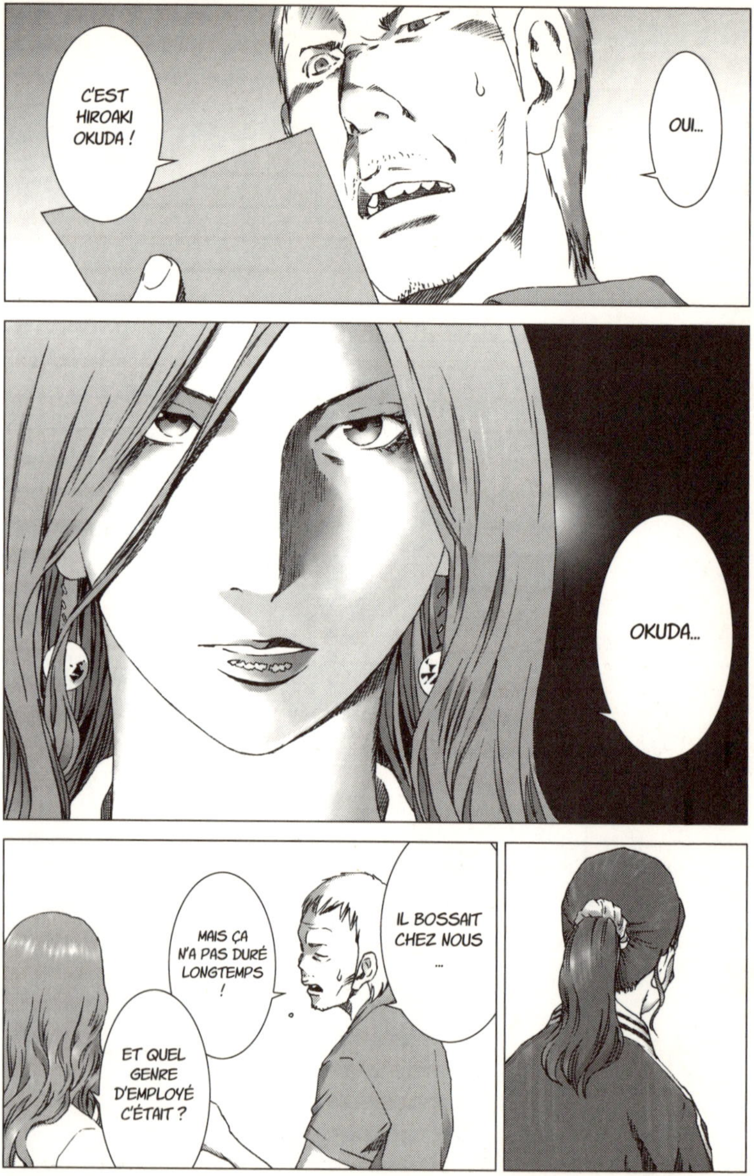
OUI...
C'EST HIROAKI OKUDA !
OKUDA...
IL BOSSAIT CHEZ NOUS ...
MAIS ÇA N'A PAS DURÉ LONGTEMPS !
ET QUEL GENRE D'EMPLOYÉ C'ÉTAIT ?

EN FAIT…
ON A REÇU UNE PLAINTE D'UN CLIENT À CAUSE DE LUI…
ALORS JE L'AI VIRÉ AUSSI SEC !
QUEL GENRE DE PLAINTE ?
IL MATAIT DANS LES CHAMBRES PENDANT QU'IL NETTOYAIT LES CARREAUX !
ON A PERDU UN CONTRAT JUTEUX…
À CAUSE DE CE SALE PERVERS !
…
BON… QU'EST-CE QU'IL A FAIT, CE COUP-CI ?
DISONS…
QU'ON LE SUSPECTE DE PLUSIEURS CRIMES !

C'EST CE DONT ON PARLE À LA TÉLÉ ?
L'AFFAIRE DES MENACES DE MORT CONTRE UN DÉPUTÉ ?
JE ME SUIS POSÉ DES QUESTIONS EN ENTENDANT LE NOM DE SHITARAGI AUX INFOS...
MAIS MAINTENANT QUE VOUS ÊTES ICI, IL N'Y A PLUS AUCUN DOUTE !
C'ÉTAIT SON OBJECTIF...
DEPUIS LE DÉBUT !
IL N'A EU AUCUN SCRUPULE À UTILISER NOTRE ENTREPRISE...
POUR CE GENRE DE SALETÉ !
OKUDA Hiroaki
DATE DE NAISSANCE
27 NOVEMBRE 1980 (31 ANS)
SIGNATURE
F
CODE POSTAL 135-XXXX
ARRONDISSEMENT DE KÔTÔ
TÉL

JE COMPTE SUR VOUS ...
POUR LE COFFRER !
JE VOUS LE PROMETS ...
SUR MON INSIGNE !
MERCI POUR VOTRE COOPÉRATION !

CV
OKUDA Hiroaki
27 NOVEMBRE 1980
DATE DE NAISSANCE
CODE POSTAL 135-XXXX
ARRONDISSEMENT DE KÔTÔ
TÉL
TU COMMENCES ENFIN À TE DÉVOILER ...
PAPERBOY !
VSH
OU PLUTÔT DEVRAIS-JE DIRE ...
HIROAKI OKUDA !

HIROAKI OKUDA, 31 ANS.
RÉSIDANT DANS LA PRÉFECTURE DE TOKYO.
SUSPECTÉ DE TROUBLES À L'ORDRE PUBLIC À CAUSE DE LA MISE EN LIGNE DE VIDÉOS ANNONÇANT DES CRIMES...
AINSI QUE D'ENLÈVEMENT ET DE VIOLENCES SUR LA PERSONNE DE MASAYOSHI IKEHATA.
TOMOHIKO KASAI, 35 ANS.
RÉSIDANT DANS LA PRÉFECTURE D'OSAKA.
D'APRÈS LES EMPREINTES DE PAS RELEVÉES DANS LE CYBERCAFÉ DE LA VILLE A, DANS LA PRÉFECTURE DE KANAGAWA...
IL EST TRÈS PROBABLE QUE CE SOIT L'AUTEUR DE L'INCENDIE QUI S'EST DÉCLARÉ LE 21 MAI DANS UNE SOCIÉTÉ AGROALIMENTAIRE D'ISHIKAWA.
KÔICHI KIMURA, 26 ANS.
RÉSIDANT DANS LA PRÉFECTURE DE MIYAGI.
EMPLOYÉ JUSQU'AU 26 MAI DANS L'HÔTEL OÙ SÉJOURNAIENT LES CADRES DES "GARDIENS DE LA MER"...
ON LE SOUPÇONNE D'AVOIR PARTICIPÉ AU PIRATAGE DE LEUR SITE INTERNET.
LE "PETIT GROS".
SELON LE TÉMOIGNAGE D'UNE VICTIME, IL AURAIT LA TRENTAINE ET MESURERAIT ENVIRON 1 M 65.
SUSPECTÉ D'ENLÈVEMENT ET DE VIOLENCES SUR LA PERSONNE DE SHÛJI SEKI, ANCIEN ÉTUDIANT DE L'UNIVERSITÉ R.

Ces ordures méritent une Punit
HIROAKI
31 ANS
PRÉFECTURE DE TOKYO
TROUBLES À L'OR RE PUBLIC
ENLÈVEMENT, VIO ENCES.
AUTRES CRIMES DÉFINIR
TOMOH KO KASAI
35 ANS
PRÉFECTURE D'OSAKA
INCENDIE CRIMINEL
KÔICHI KIMURA
26 AN
EFFRACTION
PIRATAGE,
DOSSIER 18

LES FLICS PROGRESSENT PLUS VITE QUE PRÉVU !
ON VA SE CONTENTER D'INTERVE-NIR SUR LA LIVRAISON !
ET LAISSER TOUT LE RESTE AU HASARD ?
ÇA VA ALLER, TU CROIS ?
CE QUI COMPTE, C'EST DE DÉCLENCHER UN INCIDENT SUR PLACE ...
PEU IMPORTE COMMENT ON Y ARRIVE !
KANSAI ET NOBITA, VOUS ÊTES TRANQUILLES JUSQU'À DEMAIN !
MÉTABO, TU VAS PASSER DES ENTRETIENS D'EMBAUCHE !
OK !

IL Y A PLUSIEURS ÉTABLISSEMENTS QUI RECRUTENT ...
MAIS SI POSSIBLE, FAIS-TOI ENGAGER DU PREMIER COUP !
COMPRIS !
JE VAIS ESSAYER DE FAIRE BONNE IMPRESSION !
BON ...
IL Y A UN TRUC QUI ME TRACASSE, DEPUIS TOUT À L'HEURE !
NOBITA !
C'EST QUOI, CE PARAPLUIE ?
HEIN ?
EUH ...
C'EST ...

IL FAUT ÉVITER TOUT OBJET DONT DES TÉMOINS POURRAIENT SE SOUVENIR...
UN PARAPLUIE ALORS QU'IL NE PLEUT PAS, C'EST LE GENRE DE TRUC QUE LES GENS REMARQUENT !
C'EST VRAI, FAIS ATTENTION !
REGARDE, MOI, J'AI RENONCÉ À PORTER MA CASQUETTE DES HAWKS !
IL EST TOUT POURRI, NON ?
BALANCE-LE !
EUH... MAIS...
C'EST QUE...
JE L'AI EMPRUNTÉ, ET...

NOBITA !
DÉBARRASSE-T'EN !

!
EH BIEN PASSEZ QUAND VOUS VOULEZ !
JE VOUS ATTENDRAI !
GH ...
JE ...

TRÈS BIEN !
TOC
TU ES CONTENT ?
OUI...
J'AIME MIEUX ÇA !
...

2 JUIN, 17 HEURES.
SOCIÉTÉ DE GARDIENNAGE "SHÛEI SÉCURITÉ".
ALLÔ, MONSIEUR KOJIMA ?
TRANQUILLITÉ ET SÉCURITÉ 24H/24
PARDON DE VOUS LE DEMANDER DE BUT EN BLANC...
MAIS VOUS PESEZ COMBIEN ?
NON, NON ...
CE N'EST PAS UNE QUESTION DE CORPULENCE !
OUI ...
90 KILOS ?
AÏE !
MALHEUREUSEMENT ...
ÇA NE VA PAS ÊTRE POSSIBLE POUR CETTE FOIS !
COMME LE PLANCHER N'EST PAS TRÈS SOLIDE...
LE CLIENT A IMPOSÉ UNE LIMITE DE POIDS POUR LE PERSONNEL !

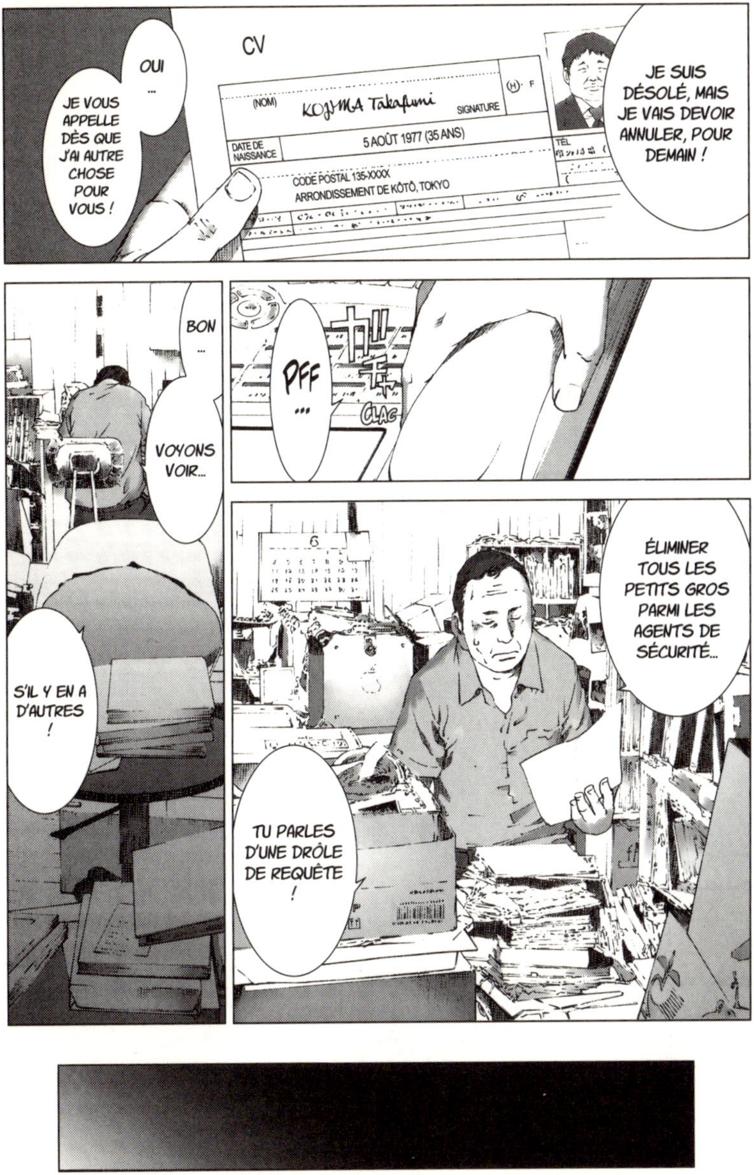

CV
(NOM)
KOJIMA Takafumi
SIGNATURE
H · F
DATE DE NAISSANCE
5 AOÛT 1977 (35 ANS)
TÉL
CODE POSTAL 135-XXXX
ARRONDISSEMENT DE KÔTÔ, TOKYO
JE SUIS DÉSOLÉ, MAIS JE VAIS DEVOIR ANNULER, POUR DEMAIN !
OUI ...
JE VOUS APPELLE DÈS QUE J'AI AUTRE CHOSE POUR VOUS !
PFF ...
CLAC
ÉLIMINER TOUS LES PETITS GROS PARMI LES AGENTS DE SÉCURITÉ...
TU PARLES D'UNE DRÔLE DE REQUÊTE !
BON ...
VOYONS VOIR...
S'IL Y EN A D'AUTRES !

3 JUIN, 14 H 55.
ARRONDISSEMENT M, TOKYO.
CLIC CLIC
ÇA Y EST...
C'EST BIENTÔT L'HEURE !
MOBINET
NOBITA
ÇA GROUILLE DE FLICS AUTOUR DU PARC DES EXPOS. PAS MOYEN D'APPROCHER.
GATES
TOUT SE PASSE COMME PRÉVU, ICI. PASSE À L'ACTION AU CARREFOUR DU BLOC 2.
BIP

CLAP
VROUM
ガー
IL ARRIVE !
VROOOUM
CRR
ギュッ
FUIT
スッ
...
VROOOUM
ゴオオオオオオオー

VROUM

AAAH !!

CRIIIIIIIIIIIIIII !!
SCRRRR
LIVRAISON EXPRESS
LE MEILLEUR DES THÉS
AÏE !!
CLANG
152

TAP
T'EN AS MARRE DE LA VIE OU QUOI ?!
FAIS GAFFE, CRÉTIN !!
CLAC
TOC
DEBOUT !
SORS TON PERMIS !
CLAC
CLAC

J'AI SON PERMIS DE CONDUIRE !
ALLONS PORTER PLAINTE !
QUOI ?!
NON, ATTENDS !
ON N'A PAS LE TEMPS !
ÇA VA ÊTRE NOTRE FÊTE, SI ON EST EN RETARD POUR LA LIVRAISON !
EST-CE QUE ÇA VA ?
JE SUIS DÉSOLÉ !
JE VOUS DEMANDE PARDON !
BON, DU MOMENT QUE PER-SONNE N'EST BLESSÉ...
MAIS FAIS ATTENTION, LA PRO-CHAINE FOIS !

JE VAIS VÉRIFIER QUE LES CAISSES NE SE SONT PAS RENVERSÉES !
AH OUI, BONNE IDÉE !
HOP !
J'AI TOUT VU ! IL N'AVAIT MÊME PAS MIS SON CLIGNOTANT !
SI VOUS AVEZ BESOIN D'UN TÉMOIN, JE SUIS AVEC VOUS !
CE N'EST PAS LA PEINE !
ÇA IRA, MERCI !
TOC
PSCHIT
SPRAY SOLVANT
TAP

C'EST BON...
RIEN DE CASSÉ !
PLOC
J'EMMÈNE CE RIGOLO AU COMMISSARIAT !
J'EN PROFITERAI POUR FAIRE UN RAPPORT À LA BOÎTE...
ÇA NE VOUS DÉRANGE PAS DE VOUS CHARGER DE LA LIVRAISON SANS MOI ?
AH... BON, OK !
ON VA FAIRE COMME ÇA !
VROUM
FROID
LIVRAISON EXPRESS
COMME SUR DES ROULETTES !
OUAIS... BEAU TRAVAIL !

TÛÛT
ARRÊTEZ-VOUS, S'IL VOUS PLAÎT !
ALERTE TERRORISTE
TOOOT
RED QUANTUM, LA BOISSON ÉNERGISANTE RECOMMANDÉE PAR LE MINISTÈRE DE LA SANTÉ !
ENFIN EN VENTE !
R.Q
3 JUIN, 15 H 30.
PARC DES EXPOSITIONS, ARRONDISSEMENT M, TOKYO.

RED QUANTUM A DES EFFETS POSITIFS SUR L'ORGANISME ...
SES INGRÉDIENTS ACTIFS ÉLIMINENT LA GRAISSE EN UN RIEN DE TEMPS !
R.Q
RED QUANTUM, LA BOISSON QUI VOUS DONNE LA PÊCHE !
EN VENTE DÈS MAINTENANT !
R.Q RED QUANTUM
Rads +2
HP +10
PARTICIPEZ À LA CAMPAGNE DE PROMOTION SUR INTERNET !
tweet
nouveau tweet
fermer
Red Quantum, quel délice !
Ma boisson énergisante favorite !
RETWEETEZ-NOUS ET GAGNEZ DE SUPERBES CADEAUX !
BLA
ACCES INTERDIT
NO TRESPASSING
GALA DE LANCEMENT DE RED QUANTUM
3
BLA
BIP
BIP
PRÉSENTEZ VOS SACS OUVERTS, S'IL VOUS PLAÎT !
MERCI POUR VOTRE COOPÉRATION !
ILS NE LÉSINENT PAS SUR LA SÉCURITÉ...
POUR LE LANCEMENT D'UNE SIMPLE BOISSON !
BLA
PAS ÉTONNANT, UN DES INVITÉS, TADASHI SHITARAGI, A REÇU DES MENACES DE MORT !
BLA

VOUS VOYEZ CES TYPES QUI TOURNENT, AVEC LEUR VESTON OUVERT ?
ILS FONT TOUS PARTIE DE LA DIVISION DE PROTECTION DES PERSONNALITÉS !
SÉRIEUX ?!
DEVANT L'ENTRÉE DE DERRIÈRE, IL Y A MÊME UNE ÉQUIPE DE DÉMINAGE, AVEC TOUT L'ATTIRAIL !
BEN DITES DONC ...
RED QUANTUM EST UNE BOISSON NOCIVE !
RETIREZ-LA IMMÉDIATEMENT DES RAYONS !!
INTERDISEZ RED QUANTUM À LA VENTE !!
GOUVERNEMENT IRRESPONSABLE !
NON À CE POISON !!

IL Y A UN RISQUE DE CANCER ?
C'EST PLUTÔT INQUIÉTANT NON ?
C'EST QUOI, CETTE HISTOIRE ?
APPAREMMENT...
CE NOUVEAU PRODUIT CONTIENDRAIT DES ÉLÉMENTS CANCÉRIGÈNES ! LA NOUVELLE A FAIT LA UNE DES SITES D'INFOS !
DES PRODUITS CANCÉRIGÈNES DANS UNE BOISSON RECOMMANDÉE PAR LE MINISTÈRE DE LA SANTÉ ?!
PAS VRAIMENT ! SUIVANT LES NORMES JAPONAISES, IL N'Y A AUCUN PROBLÈME...
ON PARLE D'UNE QUANTITÉ SI INFIME QUE MÊME EN BOIRE À LONGUEUR DE JOURNÉE N'AFFECTERAIT PAS LA SANTÉ !
EN REVANCHE, C'EST SUFFISANT POUR ENFREINDRE LA RÉGLEMENTATION DE CERTAINS ÉTATS AMÉRICAINS...
ON PEUT REPROCHER AU MINISTÈRE DE LA SANTÉ DE PROMOUVOIR UN PRODUIT...
QUI N'EST PAS TOTALEMENT CLEAN !
MINISTÈRE DE LA SANTÉ DOIT RETIRER SA CERTIFICATION !!
ON VEUT DES EXCUSES !
NE JOUEZ PAS AVEC LA SANTÉ DE NOS ENFANTS !!
ET MÊME SI LE RISQUE EST NÉGLIGEABLE...
LES MAGOUILLES HABITUELLES, QUOI !
LA DÉCISION DE L'AGENCE DE SÉCURITÉ ALIMENTAIRE ...
ON MURMURE QUE CERTAINS DÉPUTÉS AURAIENT DISCRÈTEMENT INFLUENCÉ...

POUR COURONNER LE TOUT, CES MESSIEURS DE LA CHAMBRE DES REPRÉSENTANTS...
VONT JUSTEMENT FAIRE UNE APPARITION TOUT À L'HEURE ...
C'EST-À-DIRE ?
HISTOIRE DE BALANCER LEUR PETITE PHRASE !
"MOI, J'EN BOIS !"
R.Q
RECULEZ...
ENCORE ...
BIIIP
STOP !! C'EST BON !

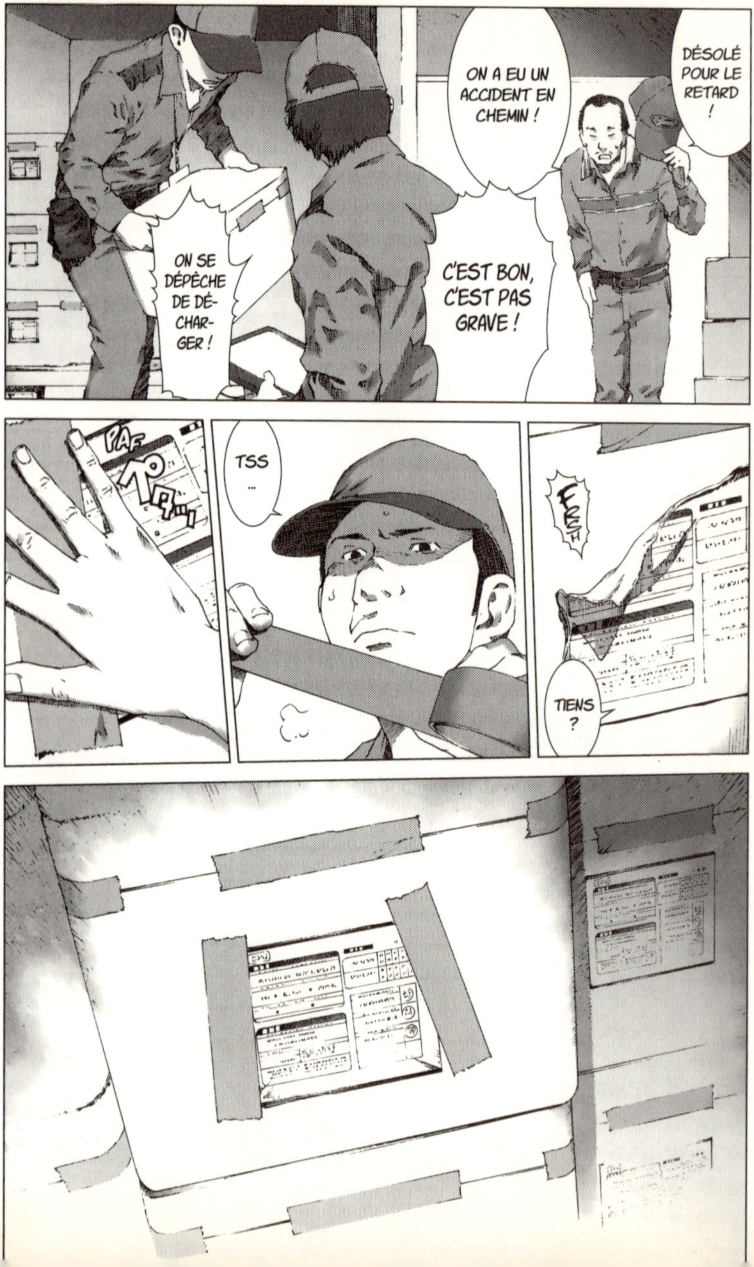
DÉSOLÉ POUR LE RETARD !
ON A EU UN ACCIDENT EN CHEMIN !
C'EST BON, C'EST PAS GRAVE !
ON SE DÉPÊCHE DE DÉ-CHAR-GER !
FRSH
TIENS ?
TSS ...
PAF

3 JUIN, 16 H 40.
PARC DES EXPOSITIONS, ARRONDISSEMENT M, TOKYO.
HEIN ?!
VOUS VOULEZ INSPECTER LES CAISSES ?!
AH NON, CE N'EST PAS POSSIBLE !
ON N'A PLUS LE TEMPS !
DE TOUTE FAÇON, LA CARGAISON A DÉJÀ ÉTÉ VÉRIFIÉE AU MOMENT DU CHARGEMENT !
EST-CE QU'ON POURRAIT AU MOINS ...
JETER UN COUP D'ŒIL AUX BOUTEILLES DESTINÉES AUX DÉPUTÉS ?
BON... SI CE N'EST QUE ÇA ...
ÇA DEVRAIT ALLER !

SAUF QUE LE POINT FORT DE RED QUANTUM ...
C'EST QUE LA FORTE PRESSION DANS LES BOUTEILLES EN FAIT UNE BOISSON TRÈS PÉTILLANTE !
SI L'INSPECTION DURE TROP LONG-TEMPS, LE GAZ VA S'ÉCHAPPER !
R.Q
ON FERA VITE, NE VOUS INQUIÉTEZ PAS !
AU PIRE ...
ON Y GOÛTERA NOUS-MÊMES POUR S'ASSURER QU'IL N'Y A PAS DE POISON !
HEIN ?!
"NOUS" ?!

DOSSIER 17

VENEZ GOÛTER NOTRE NOUVELLE BOISSON ...
RED QUANTUM !
ALLEZ ! SORTEZ VITE LES ÉCHANTILLONS !
IL FAUT QU'IL Y EN AIT POUR TOUT LE MONDE !
ガラガラ
CLANG CLANG
GH...
TIENS ?
GH ...
JE N'ARRIVE PAS À OUVRIR CETTE BOUTEILLE !
QUELQU'UN PEUT M'AIDER ?!

!
!
FUIT
POSEZ-LA TOUT DOUCEMENT...
SUR CETTE BALANCE !
EUH ...
D'ACCORD ...
ELLE DÉPASSE LE POIDS NORMAL DE 27 GRAMMES...
ELLE A PEUT-ÊTRE ÉTÉ TRAFIQUÉE !
BIP
332 g
CLAC
ELLE A DÉJÀ ÉTÉ OUVERTE !
LE JOINT A ÉTÉ RECOLLÉ !

ON ARRÊTE TOUT !
FAITES VENIR L'ÉQUIPE DE DÉMINAGE !
VOTRE ATTENTION S'IL VOUS PLAÎT !
CECI EST UN MESSAGE DE LA PRÉFECTURE DE POLICE ...
UN OBJET SUSPECT A ÉTÉ DÉCOUVERT DANS LE HALL ! NOUS ALLONS PROCÉDER À SA DESTRUCTION !
VEUILLEZ VOUS DIRIGER RAPIDEMENT VERS LA SORTIE EN SUIVANT LES INSTRUCTIONS DU PERSONNEL !
BLA
BLA
C'EST PAS VRAI ...
ON DOIT ÉVACUER ?
BLA
BLA
NE POUSSEZ PAS !
PAS DE PANIQUE !
DU CALME !
WAOUH !
C'EST DINGUE !
ON SE CROIRAIT DANS UN FILM !

TAP
CRIIII
ON AVANCE LENTEMENT VERS LA BOUTEILLE !
CRIIII
DOUCEMENT...
ÇA Y EST, ON L'A !
PROCÉDEZ À L'OUVERTURE !
R.Q
CRRRR
CRRRRR
PLOC
HEIN ?

PSSSCHT
R.Q

シュ

PSHHHHH
EUH ...
ALLONS BON !
UN EFFET GEYSER MENTOS ...
EFFET GEYSER MENTOS
SPLASH!!
R.Q
R.Q
LORSQU'ON INTRODUIT UN MENTOS DANS UNE BOISSON GAZEUSE, LE LIQUIDE JAILLIT VIOLEMMENT HORS DE LA BOUTEILLE.
ON PEUT TROUVER DE NOMBREUSES VIDÉOS ILLUSTRANT CE PHÉNOMÈNE SUR INTERNET.

3 JUIN, 18 H 00.
PRÉFECTURE DE POLICE.
ON N'A TROUVÉ AU- CUNE TRACE DE POISON DANS LES BOUTEIL- LES !
C'EST L'ENVERS DES BOUCHONS QUI A ÉTÉ TRAFIQUÉ ...
IL EST FIXÉ AU GOULOT AVEC DE LA COLLE POUR PLASTIQUE, COMME LE MONTRE CE SCHÉMA...
EN PLUS D'UNE CAPSULE SUR LAQUELLE TIENNENT DEUX PASTILLES DE MENTOS !
QUAND LE BOUCHON EST DÉVISSÉ, CELLE-CI SE DÉTACHE, FAI- SANT TOMBER LES BONBONS DANS LE LI- QUIDE...
AUTREMENT DIT, C'EST UN DISPOSITIF VISANT À CRÉER UN GEYSER DE RED QUANTUM !
ON SAIT QUE LE 30 MAI, HIROAKI OKUDA A ACHETÉ À AKIHABARA ...
DE LA COLLE POUR PLASTIQUE DE LA MÊME MARQUE QUE CELLE RETROUVÉE SUR LES BOU- TEILLES !

UN PLAN AUSSI STUPIDE ...
ÇA NE LEUR RESSEMBLE PAS !
SI C'EST AVEC CETTE BLAGUE DE COLLÉGIEN QU'ILS COMPTAIENT TUER TADASHI SHITARAGI...
J'AI PRESQUE PITIÉ D'EUX !
EN FIN DE COMPTE ...
QU'EST-CE QU'ILS ONT ESSAYÉ DE FAIRE ?
MÊME S'ILS AVAIENT MIS UN QUELCONQUE POISON DANS LES BOUTEILLES...
IL N'Y AVAIT PRATIQUEMENT AUCUNE CHANCE QU'UNE SEULE GOUTTE DU MÉLANGE FINISSE DANS L'ESTOMAC DU DÉPUTÉ !
ET MÊME ÇA, ILS NE L'ONT PAS TENTÉ... ILS N'ONT RÉUSSI QU'À FAIRE DU BRUIT !
ATTENDEZ...

C'ÉTAIT PEUT-ÊTRE ÇA, LEUR OBJECTIF !
PROVOQUER UN INCIDENT !
AU FAIT...
LE FAMEUX PETIT GROS...
NE S'EST PAS RAMENÉ AU PARC DES EXPOS, FINALEMENT !
ON PENSAIT QU'IL TENTERAIT QUELQUE CHOSE, MAIS NON, RIEN...
À MON AVIS...
LES BOUTEILLES ÉTAIENT UNE DIVERSION !
ILS ONT ATTIRÉ NOTRE ATTENTION SUR LE LANCEMENT DE RED QUANTUM POUR POUVOIR AGIR AILLEURS SANS ÊTRE INQUIÉTÉS...
JE NE VOIS PAS D'AUTRE EXPLICATION !
MAIS ALORS...
QU'EST-CE QU'ILS ONT FAIT ? ET OÙ ?!

CYBERCAFÉ GARA-GARA
CONN XION INTERNET ET B SSONS À VOLONTÉ !
3 JUIN, 18 H 30.
CYBERCAFÉ GARA-GARA, VILLE Y,
PRÉFECTURE DE KANAGAWA.
SI VOUS APERCEVEZ CES INDIVIDUS, COMPOSEZ LE 110 !!
HIROAKI OKUDA
TOMOHIKO KASAI
KÔICHI KIMURA
SCRITCH
ビリッ
POF
ポスッ
FRSH
FRSH
VVVM
カーッ

BON-JOUR ...
QU'EST-CE QUE JE PEUX FAIRE POUR VOUS ?
TERAHARA
UN BOX NON FUMEUR, S'IL VOUS PLAÎT...
AVEC UN FORFAIT LONGUE DURÉE !
VEUILLEZ NOTER ICI ...
VOTRE NOM ET VOTRE ADRESSE !
CRITCH
CRITCH
ADRESSE
(NOM)

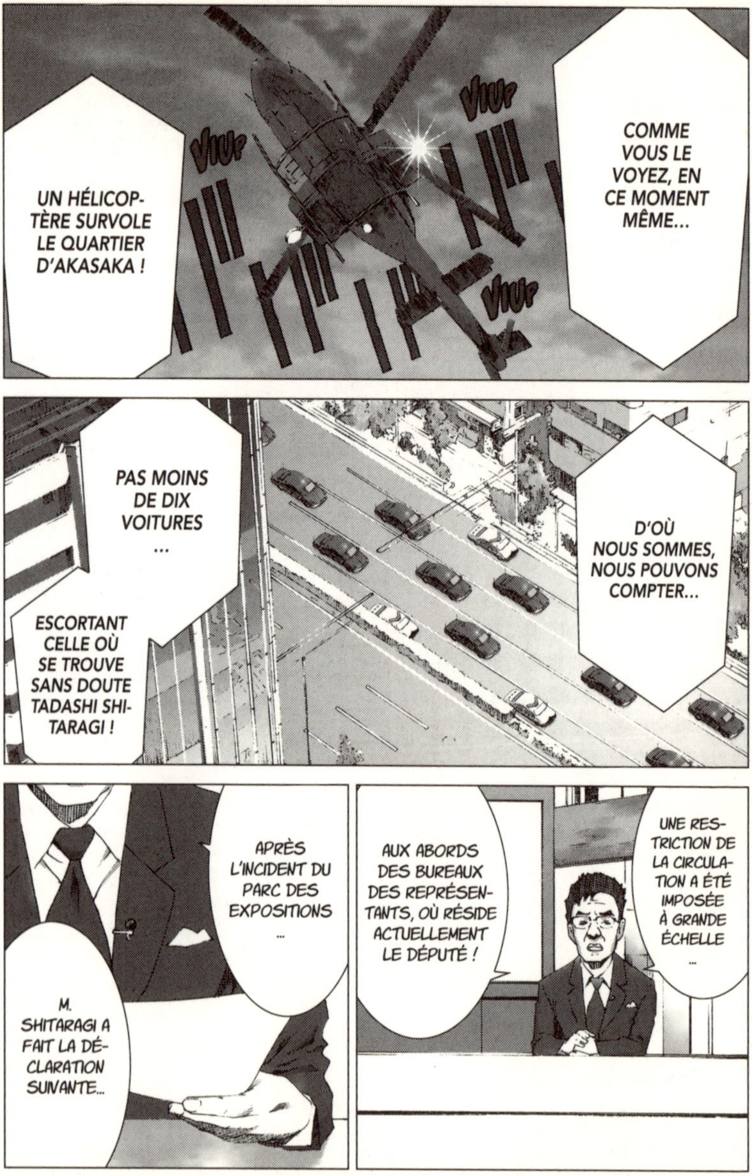
COMME VOUS LE VOYEZ, EN CE MOMENT MÊME...
VIUP
VIUP
VIUP
UN HÉLICOPTÈRE SURVOLE LE QUARTIER D'AKASAKA !
D'OÙ NOUS SOMMES, NOUS POUVONS COMPTER...
PAS MOINS DE DIX VOITURES ...
ESCORTANT CELLE OÙ SE TROUVE SANS DOUTE TADASHI SHITARAGI !
UNE RESTRICTION DE LA CIRCULATION A ÉTÉ IMPOSÉE À GRANDE ÉCHELLE ...
AUX ABORDS DES BUREAUX DES REPRÉSENTANTS, OÙ RÉSIDE ACTUELLEMENT LE DÉPUTÉ !
APRÈS L'INCIDENT DU PARC DES EXPOSITIONS ...
M. SHITARAGI A FAIT LA DÉCLARATION SUIVANTE...

"NOUS DEVONS RESTER FERMES FACE À CE TERRORISME ENGENDRÉ PAR L'ABSENCE DE CONTRÔLE D'INTERNET !"
"JE SUIS PLUS QUE JAMAIS DÉCIDÉ À ASSAINIR LE WEB ET À SOUMETTRE À UNE STRICTE RÉGULATION LES PROPOS QUI Y SERONT TENUS !"
"POUR QU'À L'AVENIR NOUS PUISSIONS TOUS SURFER SUR LE NET...
EN TOUTE QUIÉTUDE !"
Il nous les brise, celui-là !
Le pompier pyromane !
Ça va être à nous de jouer...
Fais quelque chose, Paperboy !
TU VOIS, PAPERBOY ?
VOILÀ TOUT CE QUE TU AS GAGNÉ !

LIEUTENANT !
VOUS DISIEZ QUE L'INCIDENT DE CET APRÈS-MIDI ÉTAIT UNE MANŒUVRE DE DIVERSION...
À MON AVIS, C'EST ACCORDER TROP DE CRÉDIT AUX COUPABLES !
TU CROIS ?
ILS ONT DÛ SE DÉGONFLER FACE À NOTRE DISPOSITIF DE SÉCURITÉ...
MAIS COMME ÇA LEUR FAISAIT MAL DE RENONCER SANS RIEN TENTER...
ILS ONT FAIT CETTE BLAGUE STUPIDE POUR ESSAYER DE SAUVER LES APPARENCES !
J'AIMERAIS QUE TU AIES RAISON ...
ÇA FAIT PLUS DE 54 HEURES ...
QU'ILS ONT ÉMIS LEUR MENACE DE MORT !
IL LEUR EN RESTE 18 POUR LA METTRE À EXÉCUTION...
MAIS ÇA TIENT DE L'IMPOSSIBLE !

LEUR CIBLE SE TROUVE DANS LE BÂTIMENT DES BUREAUX DES REPRÉSENTANTS... AUCUN CIVIL NE PEUT Y PÉNÉTRER ...
ON A MÊME DRESSÉ DES BARRICADES, AU CAS OÙ ILS ESSAIERAIENT DE FORCER L'ENTRÉE AVEC UN CAMION !
AUCUN APPAREIL ÉLECTRONIQUE NE SERA INTRODUIT DANS LA CHAMBRE DU PROFESSEUR SHITARAGI...
ON PEUT DONC EXCLURE LE RISQUE D'UNE CYBERATTAQUE !
IL RESTE LES TENTATIVES D'EMPOISONNEMENT...
MAIS ON A DEMANDÉ À L'INTÉRESSÉ DE NE RIEN BOIRE ET DE NE RIEN MANGER JUSQU'À L'EXPIRATION DU DÉLAI !
À PART LA DIVISION DE PROTECTION DES PERSONNALITÉS ...
PERSONNE N'A LE DROIT D'APPROCHER LE DÉPUTÉ, PAS MÊME SES PROCHES !
ÉCHEC ET MAT, PAPERBOY !
ESPÈCE DE POSEUR !

CYBERCAFÉ GARA-GARA
CON XION INTERNET
À VOLONTÉ !
3 JUIN, 22 H 30. CYBERCAFÉ GARA-GARA, VILLE Y, PRÉFECTURE DE KANAGAWA.
POITRINE DE DINDE DÉPIAUTÉE
CLIC
CRAC
PUISSANCE : 30 WATTS ...
COUCHE DE GRAISSE : 4 MILLIMÈTRES ...
POF

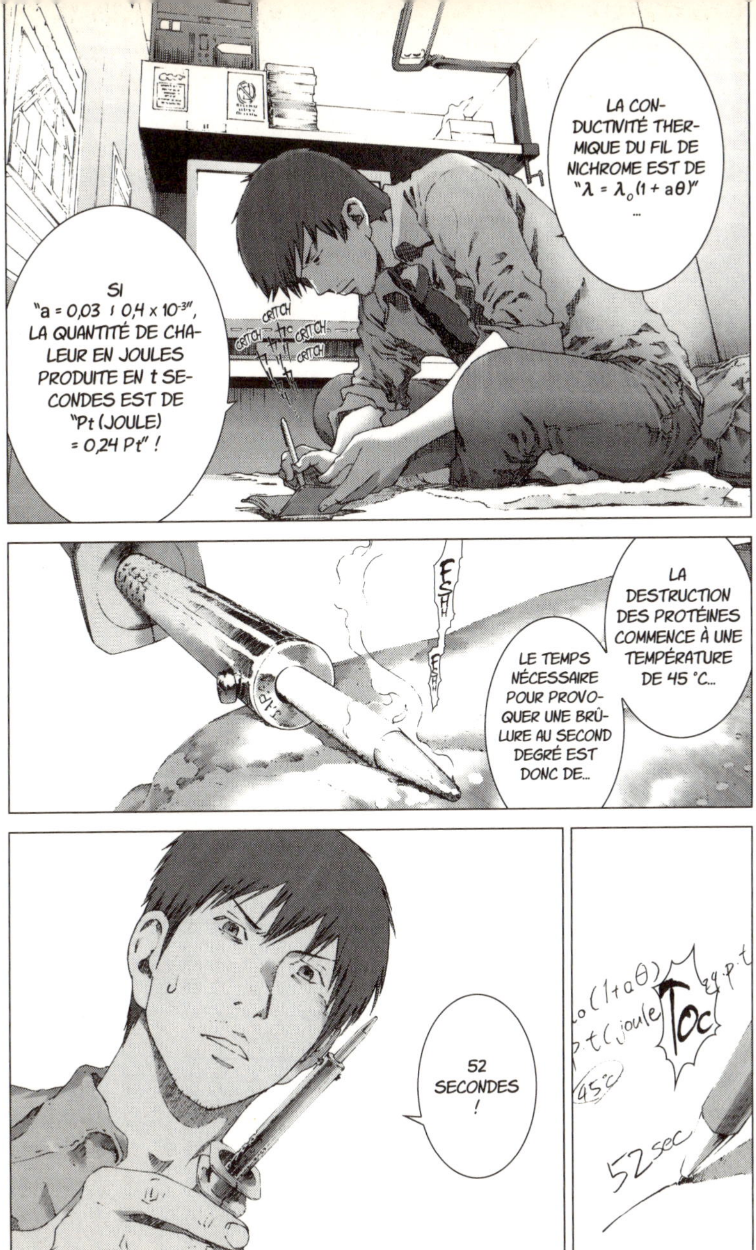
La conductivité thermique du fil de nichrome est de "$\lambda = \lambda_0 (1 + a\theta)$"...
Si "a = 0,03 ı 0,4 x 10^{-3}", la quantité de chaleur en joules produite en t secondes est de "Pt (joule) = 0,24 Pt" !
CRITCH CRITCH CRITCH CRITCH
La destruction des protéines commence à une température de 45 °C...
Le temps nécessaire pour provoquer une brûlure au second degré est donc de...
FSHH FSHH
TOC
52 sec
52 secondes !

OK...
TOUT CONCORDE !
DES SOMNIFÈRES ...
UN ALCOOL MOUSSEUX...
UN FER À SOUDER ...
ET UN PROGRAMMATEUR !
IL SUFFISAIT DE CHRONOMÉTRER ...
MAIS C'EST PLUS SATISFAISANT DE TROUVER LE BON RÉSULTAT PAR LE CALCUL !
BON ...
CRR
AU BOULOT !

4 JUIN, 10 H 30.
(SIX HEURES AVANT EXPIRATION DU PRÉAVIS)
PRÉFECTURE DE POLICE.
EN RASSEMBLANT LES IMAGES PRISES PAR DES CAMÉRAS DE SURVEILLANCE...
ON A PU DÉTERMINER LES ACHATS EFFECTUÉS PAR HIROAKI OKUDA LE 30 MAI À AKASAKA !
UNE WEBCAM...
DE LA COLLE POUR PLASTIQUE...
UN FER À SOUDER...
ET ENFIN...
UN PROGRAMMATEUR !
LA CAMÉRA EST ÉQUIPÉE D'UN SYSTÈME DE TRANSMISSION SANS FIL...
ELLE CORRESPOND À CELLE DÉCOUVERTE PAR LE LIEUTENANT YOSHINO DANS UN CYBERCAFÉ DE KANAGAWA, LE 2 JUIN !
QUANT À LA COLLE...
ELLE A ÉTÉ UTILISÉE POUR TRAFIQUER CERTAINES BOUTEILLES DISTRIBUÉES HIER AU GALA ORGANISÉ POUR LE LANCEMENT DU RED QUANTUM !
PROREPAIR

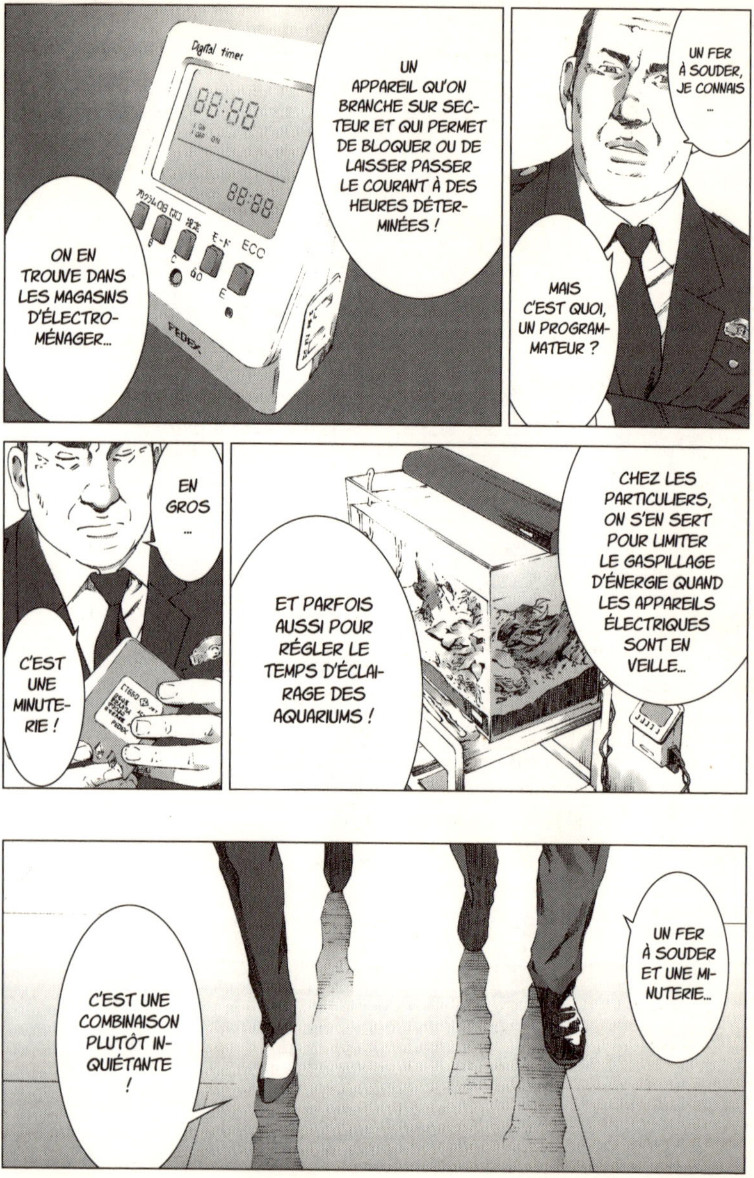
UN FER À SOUDER, JE CONNAIS ...
MAIS C'EST QUOI, UN PROGRAMMATEUR ?
Digital timer
UN APPAREIL QU'ON BRANCHE SUR SECTEUR ET QUI PERMET DE BLOQUER OU DE LAISSER PASSER LE COURANT À DES HEURES DÉTERMINÉES !
ON EN TROUVE DANS LES MAGASINS D'ÉLECTROMÉNAGER...
CHEZ LES PARTICULIERS, ON S'EN SERT POUR LIMITER LE GASPILLAGE D'ÉNERGIE QUAND LES APPAREILS ÉLECTRIQUES SONT EN VEILLE...
ET PARFOIS AUSSI POUR RÉGLER LE TEMPS D'ÉCLAIRAGE DES AQUARIUMS !
EN GROS ...
C'EST UNE MINUTERIE !
UN FER À SOUDER ET UNE MINUTERIE...
C'EST UNE COMBINAISON PLUTÔT INQUIÉTANTE !

IL NE VEUT QUAND MÊME PAS...
FABRIQUER UNE BOMBE À RETARDEMENT ?!
CE N'EST PAS TOTALEMENT INCONCEVABLE...
MAIS AVEC LE PEU QU'IL A ACHETÉ, IL N'IRA PAS LOIN !
IL LUI FAUDRAIT UN CIRCUIT IMPRIMÉ ET DES COMPOSANTS ÉLECTRONIQUES...
SANS COMPTER QU'IL N'A MÊME PAS DE FIL À SOUDER !
C'EST VRAI ! JE NE VOIS PAS OÙ IL VEUT EN VENIR...
AVEC CES DEUX OBJETS...
PEUT-ÊTRE...
QU'IL A L'INTENTION D'EN FAIRE UN USAGE PLUS SIMPLE QUE CE QU'ON IMAGINE !

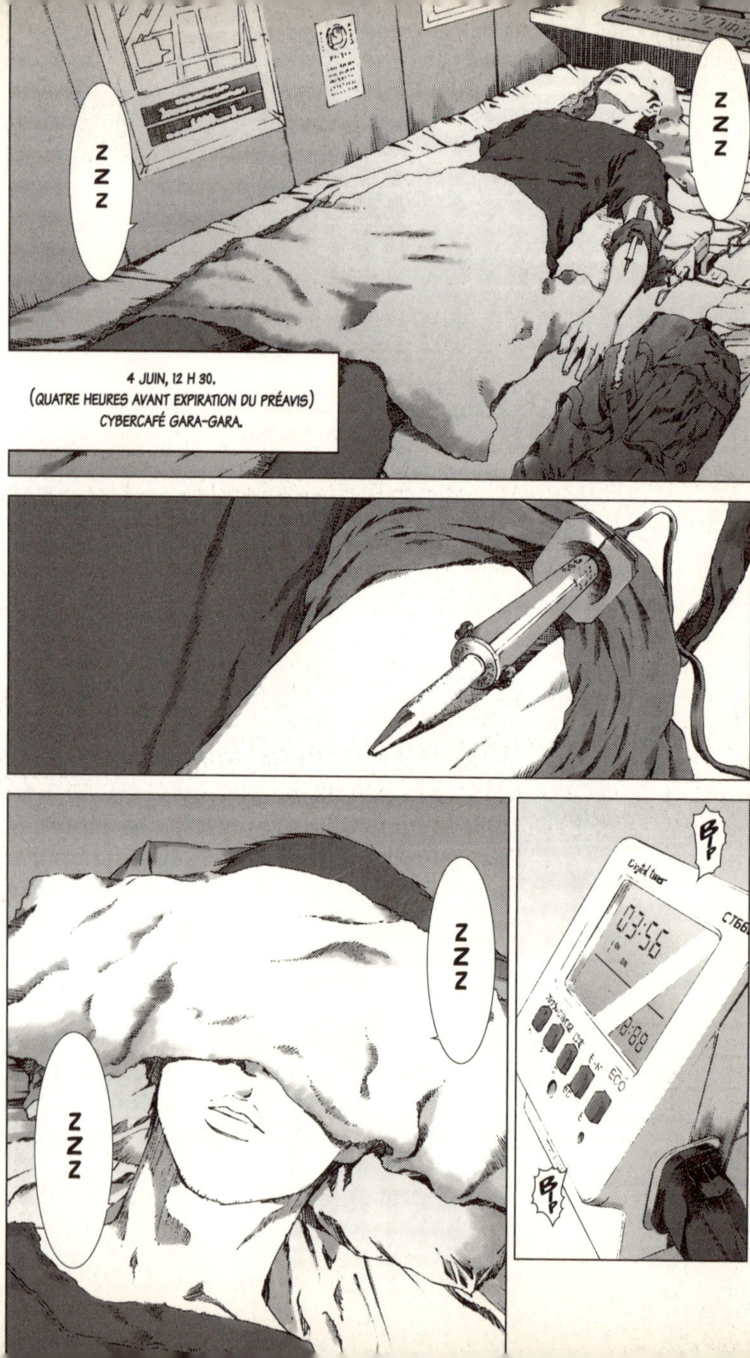
ZZZ
ZZZ
4 JUIN, 12 H 30.
(QUATRE HEURES AVANT EXPIRATION DU PRÉAVIS)
CYBERCAFÉ GARA-GARA.
BIP
BIP
ZZZ
ZZZ

JE VOUS LE PROMETS ...
SUR MON INSIGNE !
JE NE VOIS PAS OÙ IL VEUT EN VENIR...
AVEC CES DEUX OBJETS...
ÉCHEC ET MAT, PAPER-BOY !
ZZZ
ZZZ

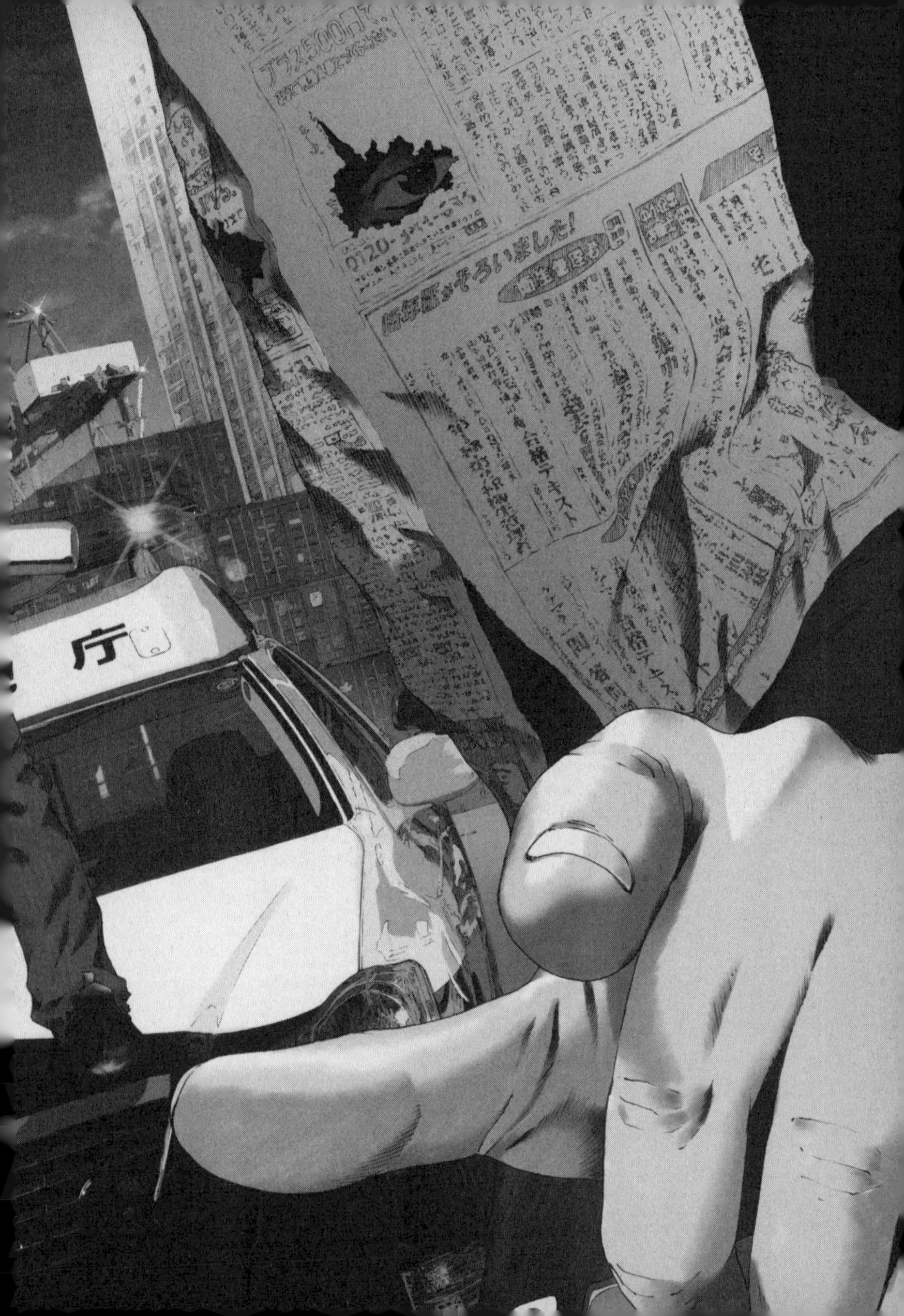
プラス500円で
がそろいました!
合格テキスト
庁

DOSSIER 18

PROPHECY

DIS...
GATES...
OUI ?
EST-CE QUE TU AS DES RÊVES ? DES PROJETS D'AVENIR ?
TU RIGOLES ?
J'ARRIVE DÉJÀ À PEINE À REMPLIR MON ASSIETTE TOUS LES JOURS !
C'EST DOMMAGE !
INTELLIGENT COMME TU ES, TU POURRAIS RÉUSSIR N'IMPORTE OÙ !
TU ME SURESTIMES !

ET TOI...
HYORO ?
MOI ?
EUH... À VRAI DIRE...
JE N'Y AI PAS PENSÉ !
QU'EST-CE QUE TU FERAS...
UNE FOIS QUE TU AURAS RETROUVÉ TON PÈRE ?
AH !
JE SAIS !
JE L'APPELLERAI "PAPA" !
HEIN ?!
QU'EST-CE QUE TU RACONTES ?
ÇA N'A RIEN À VOIR AVEC UN PROJET D'AVENIR !
TU ES COMPLÈTEMENT À CÔTÉ DE LA PLAQUE !
AH BON ?

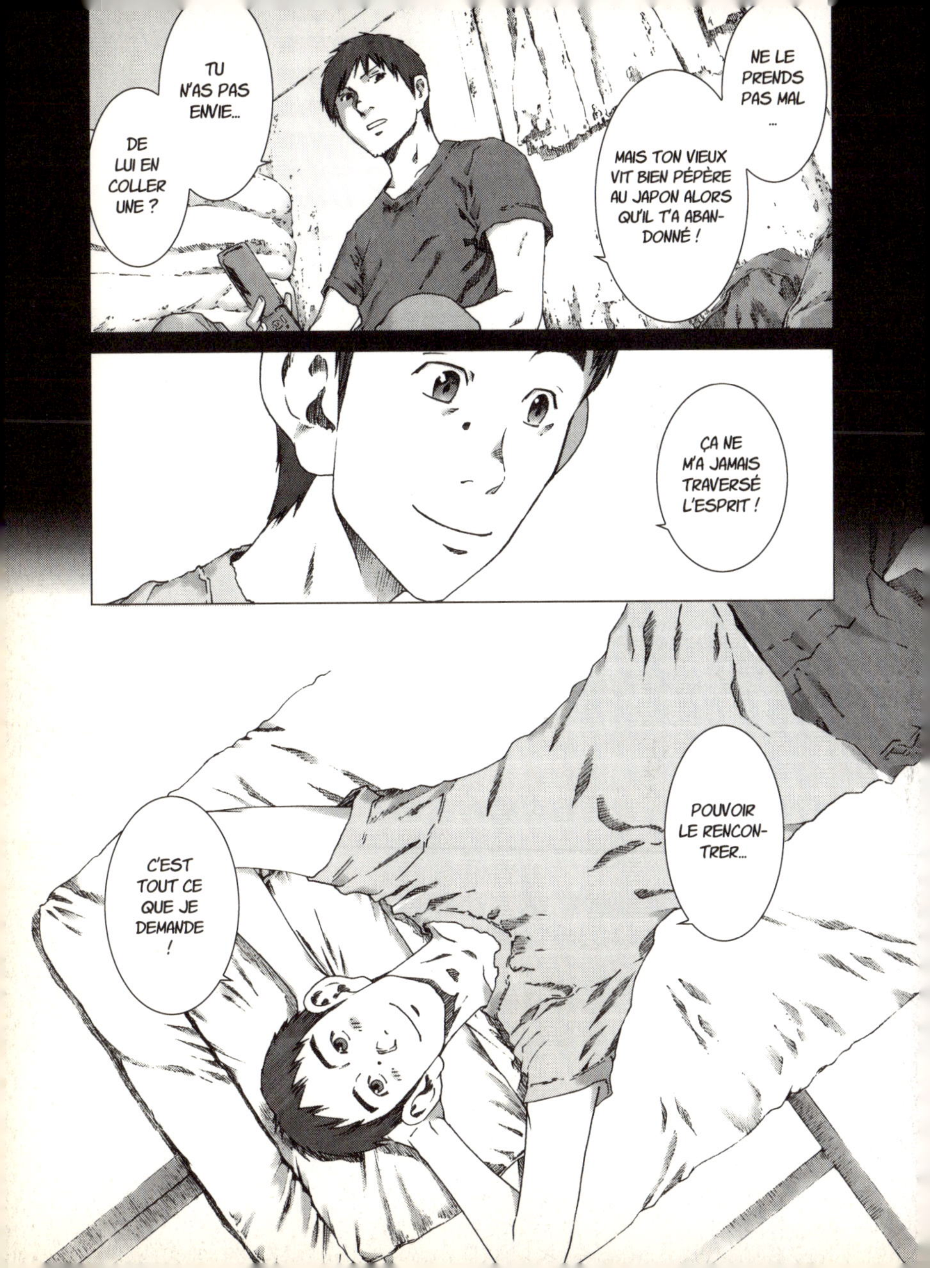
NE LE PRENDS PAS MAL ...
MAIS TON VIEUX VIT BIEN PÉPÈRE AU JAPON ALORS QU'IL T'A ABANDONNÉ !
TU N'AS PAS ENVIE...
DE LUI EN COLLER UNE ?
ÇA NE M'A JAMAIS TRAVERSÉ L'ESPRIT !
POUVOIR LE RENCONTRER...
C'EST TOUT CE QUE JE DEMANDE !

VRRR
TILT
FRSH
KOF
KOF
FRSH
BIEN !
ÇA A MARCHÉ !

4 JUIN, 15 H 30.
(UNE HEURE AVANT EXPIRATION DU PRÉAVIS)
BÂTIMENT DES BUREAUX DES REPRÉSENTANTS, TOKYO.
TAP
TAP
!
LAISSEZ-NOUS PASSER, JE VOUS PRIE !
NOUS AVONS UNE AFFAIRE URGENTE À RÉGLER AVEC M. SHITARAGI !

VOUS SAVEZ QUI NOUS SOMMES, J'IMAGINE... NOUS APPARTENONS AU PARTI DÉMOCRATIQUE CONSTITUTIONNEL !
OKANO, SECRÉTAIRE GÉNÉRAL, ET HOSODA, PRÉSIDENT DU CONSEIL POLITIQUE !
JE SUIS DÉSOLÉ, MAIS ON VA TOUT DE MÊME DEVOIR VOUS FOUILLER !
TRÈS BIEN...
S'IL FAUT EN PASSER PAR LÀ !
ON PEUT MÊME SE DÉSHABILLER, SI VOUS VOULEZ...
AH LÀ LÀ...
ON CROIRAIT QUE C'EST NOUS, LES TERRORISTES !
C'EST SA CHAMBRE ?
OUI !
TOC
TOC

OH !
MESSIEURS...
OKANO ET HOSODA ?!
NOUS SOMMES PORTEURS...
D'UNE TRÈS MAUVAISE NOUVELLE !
VOUS AVEZ UN PEU DE TEMPS ?
OUI...
DE QUOI S'AGIT-IL ?
JE VAIS ÊTRE DIRECT...
Trojan.Upchan
EST-CE QUE CECI VOUS DIT QUELQUE CHOSE ?
?

TROJAN ?
NON, JE NE VOIS PAS !
C'EST UN CODE ?
ÇA SIGNIFIE TROYEN EN ANGLAIS !
TROJAN UPCHAN EST L'APPELLATION D'UN VIRUS INFORMATIQUE DU TYPE CHEVAL DE TROIE !
IL EST CONNU D'UNE PARTIE DES INTERNAUTES SOUS UN PSEUDONYME ASSEZ VULGAIRE ...
ENFIN, PASSONS !
UN VIRUS INFORMATIQUE ?
IL EST PARTICULIÈREMENT EFFICACE ! QUAND IL INFECTE UN ORDINATEUR ...
IL FAIT À INTERVALLES RÉGULIERS DES CAPTURES D'ÉCRAN DU BUREAU QU'IL ENVOIE ENSUITE À DES SITES ANONYMES DE PARTAGE D'IMAGES !

PARDONNEZ-MOI, MAIS JE NE VOIS PAS OÙ VOUS VOULEZ EN VENIR...
EN QUOI EST-CE QUE CE VIRUS ME CONCERNE ?
MONSIEUR SHITARAGI...
LES 20 PC DES BUREAUX DE VOTRE COMITÉ DE SOUTIEN...
ONT ÉTÉ CONTAMINÉS ...
PAR UNE VERSION DE TROJAN UPCHAN !

L'AUTRE JOUR, PENDANT QUE VOUS PARTICI-PIEZ...
AU DÉBAT TÉLÉVISÉ "RÉFLEXIONS SUR L'AVENIR D'INTERNET" ...
LES ÉCRANS DE CES ORDI-NATEURS...
ONT ÉTÉ PHOTOGRA-PHIÉS PAR LE VIRUS !
VOICI CE QUI A ÉTÉ MIS EN LIGNE AUJOURD'HUI SUR UN SITE DE PAR-TAGE D'IMAGES !

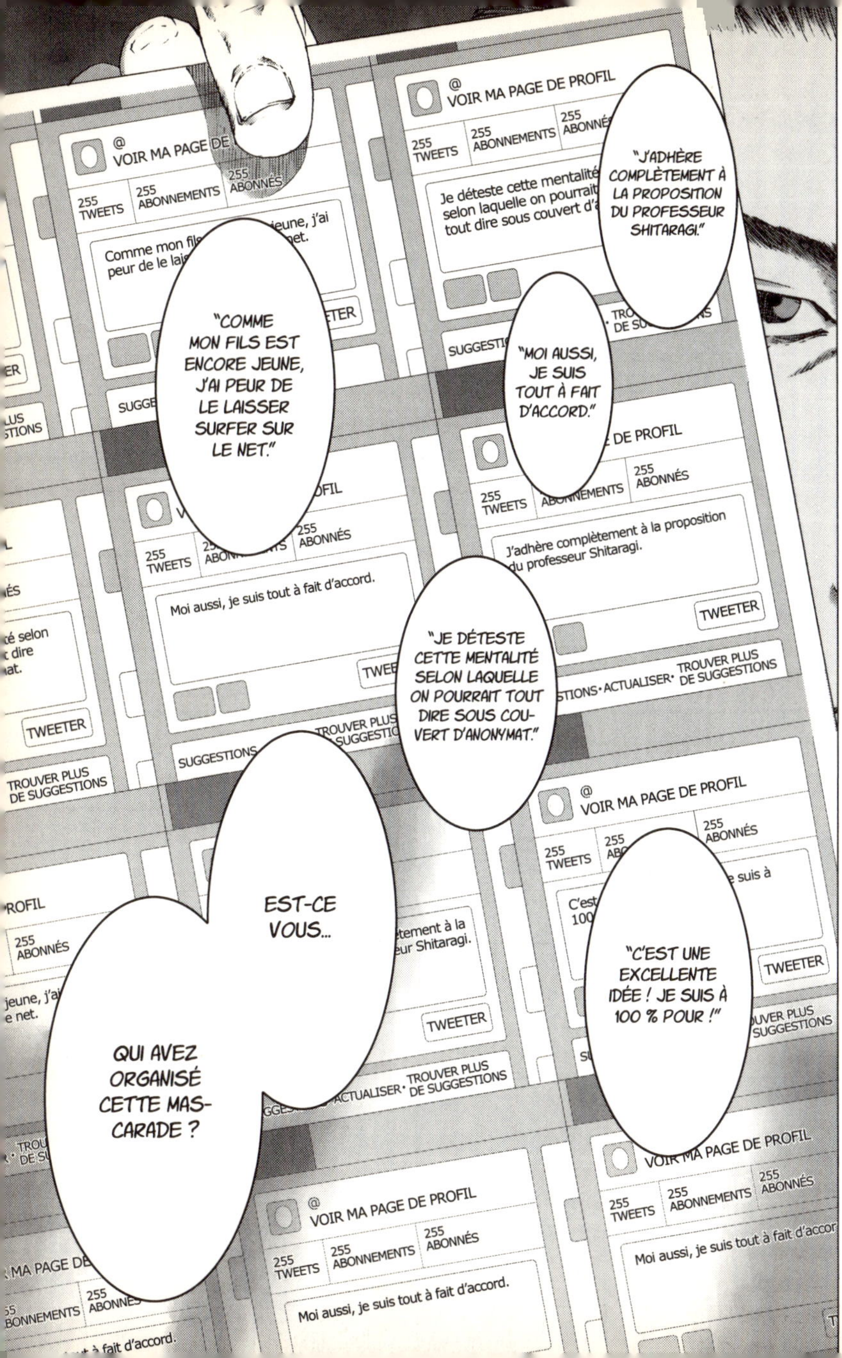
"J'ADHÈRE COMPLÈTEMENT À LA PROPOSITION DU PROFESSEUR SHITARAGI."
"MOI AUSSI, JE SUIS TOUT À FAIT D'ACCORD."
"COMME MON FILS EST ENCORE JEUNE, J'AI PEUR DE LE LAISSER SURFER SUR LE NET."
"JE DÉTESTE CETTE MENTALITÉ SELON LAQUELLE ON POURRAIT TOUT DIRE SOUS COUVERT D'ANONYMAT."
"C'EST UNE EXCELLENTE IDÉE ! JE SUIS À 100 % POUR !"
EST-CE VOUS...
QUI AVEZ ORGANISÉ CETTE MASCARADE ?

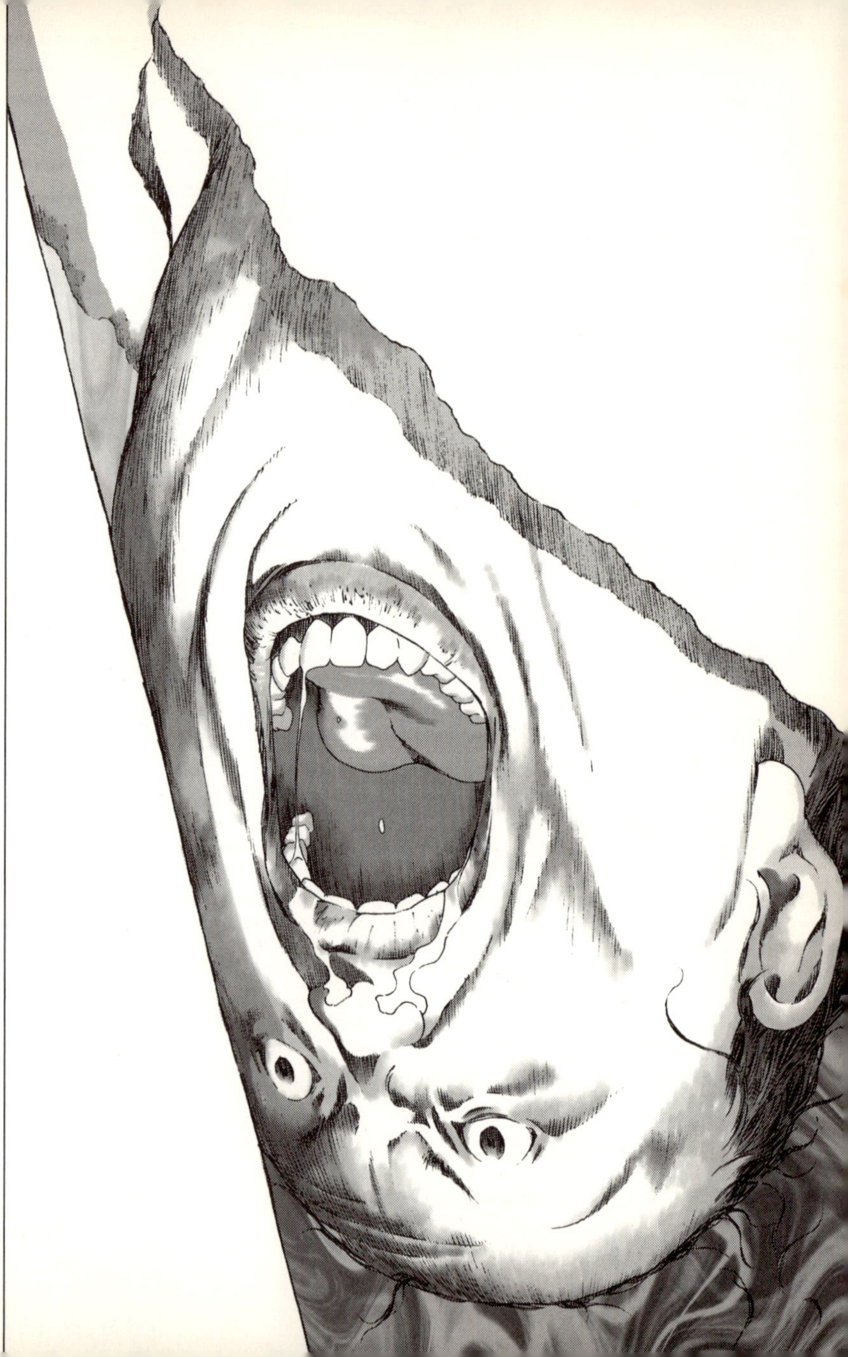

NOUS SORTONS D'UNE RÉUNION PLÉNIÈRE DES DEUX CHAMBRES DE LA DIÈTE...
JE SUIS NAVRÉ DE VOUS L'APPRENDRE, MAIS VOTRE EXCLUSION DU PARTI A ÉTÉ DÉCIDÉE À L'UNANIMITÉ !
IL EST PRÉVU DE VOTER DEMAIN UNE RECOMMANDATION VOUS DEMANDANT DE DÉMISSIONNER DE VOTRE POSTE DE DÉPUTÉ...
CETTE DÉCISION N'AURA PAS FORCE DE LOI...
MAIS NOUS ESPÉRONS QUE VOUS RESPECTEREZ LA VOLONTÉ DE LA DIÈTE !
BOUM
OH MON DIEU !
MONSIEUR SHITARAGI !

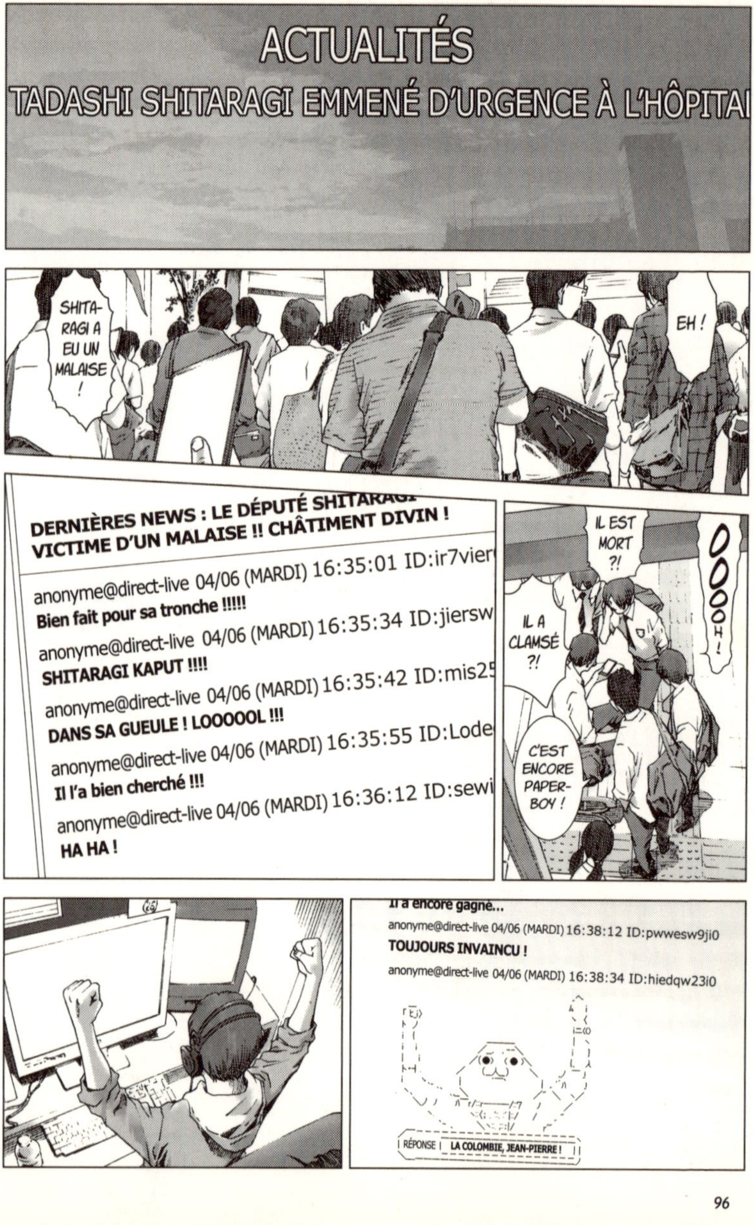
ACTUALITÉS
TADASHI SHITARAGI EMMENÉ D'URGENCE À L'HÔPITAL
EH !
SHITARAGI A EU UN MALAISE !
IL EST MORT ?!
OOOOOH !
IL A CLAMSÉ ?!
C'EST ENCORE PAPERBOY !
DERNIÈRES NEWS : LE DÉPUTÉ SHITARAGI VICTIME D'UN MALAISE !! CHÂTIMENT DIVIN !
anonyme@direct-live 04/06 (MARDI) 16:35:01 ID:ir7vier
Bien fait pour sa tronche !!!!!
anonyme@direct-live 04/06 (MARDI) 16:35:34 ID:jiersw
SHITARAGI KAPUT !!!!
anonyme@direct-live 04/06 (MARDI) 16:35:42 ID:mis25
DANS SA GUEULE ! LOOOOOL !!!
anonyme@direct-live 04/06 (MARDI) 16:35:55 ID:Lode
Il l'a bien cherché !!!
anonyme@direct-live 04/06 (MARDI) 16:36:12 ID:sewi
anonyme@direct-live 04/06 (MARDI)
HA HA !
Il a encore gagné...
anonyme@direct-live 04/06 (MARDI) 16:38:12 ID:pwwesw9ji0
TOUJOURS INVAINCU !
anonyme@direct-live 04/06 (MARDI) 16:38:34 ID:hiedqw23i0
RÉPONSE
LA COLOMBIE, JEAN-PIERRE !

COMITÉ DE SOUTIEN À TADASHI SHITARAG
4 JUIN, 16 H 45.
LOCAUX DU COMITÉ DE SOUTIEN À TADASHI SHITARAGI.
HA HA HA ! ALORS ÇA, C'EST PAS DE BOL !
ON A DÉCOUVERT LE POT AUX ROSES !
...
L'ACCÈS À VOS LOCAUX EST-IL SURVEILLÉ ?
EN TEMPS NORMAL, SEULS LES MEMBRES DU COMITÉ PEUVENT ENTRER...
MAIS EN PÉRIODE D'ÉLECTIONS, IL Y A DES ÉTUDIANTS BÉNÉVOLES QUI VONT ET VIENNENT !
POUR ÊTRE HONNÊTE, ON NE CONTRÔLE PAS VRAIMENT LEUR IDENTITÉ !
JE VOIS ...

ET LORS DU DERNIER SCRUTIN...
IL N'Y A RIEN EU D'ANORMAL DANS LE FONCTIONNEMENT DE VOS ORDINATEURS ?
NON, ABSOLUMENT RIEN À SIGNALER !
JE ME DEMANDE QUAND ILS ONT BIEN PU Y COLLER UN VIRUS !
PERSONNE N'AURAIT OUVERT UNE PIÈCE JOINTE D'UN MAIL D'EXPÉDITEUR INCONNU ?
HA HA HA HA HA !
QUI SE LAISSE ENCORE AVOIR PAR CE VIEUX PIÈGE, DE NOS JOURS ?!
OU ALORS VOUS AVEZ PEUT-ÊTRE TROUVÉ SUR LE BUREAU DE VOTRE PC...
UN DOSSIER QUE VOUS NE VOUS RAPPELIEZ PAS AVOIR CRÉÉ ?
AH !
IL Y EN AVAIT UN, MAINTENANT QUE VOUS LE DITES !

ET JE NE SAVAIS PAS QUI L'AVAIT MIS LÀ !
IL N'AVAIT PAS DE NOM...
PAPERBOY, PARDI !
ET PUIS JE L'AI SUPPRIMÉ TOUT DE SUITE, ALORS JE NE ME SUIS PAS INQUIÉTÉ !
MAIS BON...
QUAND JE L'AI OUVERT, IL ÉTAIT VIDE !
MAIS QUEL IMBÉCILE !

VROUM
ブオオオオ
オオオ
C'EST LE STRESS QUI A FAIT PERDRE CONNAISSANCE À SHITARAGI...
ET EN TOMBANT, IL S'EST FAIT UNE LÉGÈRE COMMOTION CÉRÉBRALE...
MAIS SES JOURS NE SONT PAS EN DANGER !
PAR CONTRE, IL EST FINI EN TANT QUE DÉPUTÉ !
AVEC CE NOUVEAU COUP D'ÉCLAT...
OKUDA NE S'EST PAS CONTENTÉ DE DÉTRUIRE LA PARA-NOÏA ENGENDRÉE PAR SHITARAGI !

IL A AUSSI LANCÉ UN AVERTISSEMENT À TOUS LES POLITI-CIENS VÉREUX...
QUI VOUDRAIENT IMPOSER UNE RÉGULATION DU NET, NON PAS PAR CONVICTION, MAIS PAR CAR-RIÉRISME !
LE TOUT SANS FAIRE COULER...
UNE SEULE GOUTTE DE SANG !
IL A BEAU ÊTRE NOTRE ADVERSAIRE, J'AI PRESQUE ENVIE DE L'APPLAUDIR !
LIEU-TENANT...
VOUS DEVRIEZ ÉVITER CE GENRE DE DÉCLARA-TION !
TU AS RAISON !
METTONS QUE JE N'AI RIEN DIT !

IL Y A JUSTE UN POINT QUI ME DÉRANGE, DANS CETTE AFFAIRE...
POURQUOI OKUDA A-T-IL UTILISÉ L'EXPRESSION "METTRE À MORT" ?
S'IL AVAIT PRÉVU DEPUIS LE DÉBUT DE DÉCRÉDIBILISER SA CIBLE...
IL N'AVAIT PAS BESOIN D'ÉVOQUER UN ASSASSINAT !
PUISQUE LA CARRIÈRE DE SHITARAGI A ÉTÉ RUINÉE ...
ON PEUT DIRE QU'IL A ÉTÉ MIS À MORT EN TANT QUE POLITICIEN !
MAIS BON, C'EST UN PEU TIRÉ PAR LES CHEVEUX ...
EXACTEMENT !
D'AILLEURS, LA COTE DE PAPERBOY AUPRÈS DES INTERNAUTES EST EN BAISSE DEPUIS QU'ON SAIT QUE SHITARAGI A SURVÉCU !
232 344 vues
5 726 n'aiment pas
IL Y EN A...
QUI LE CRITIQUENT ASSEZ VIOLEMMENT !

"TU NOUS AS DÉÇUS !"
"SALE MENTEUR !"
"QUE DE LA GUEULE..."
"SUICIDE-TOI, FAUT ASSUMER !"
ON TROUVE TOUTES SORTES D'INDIVIDUS SUR INTERNET...
Y COMPRIS CE TYPE D'IMBÉCILES !
BIP
AH !
LIEUTENANT !
UNE NOUVELLE VIDÉO VIENT D'ÊTRE MISE EN LIGNE DEPUIS LE COMPTE D'OKUDA !

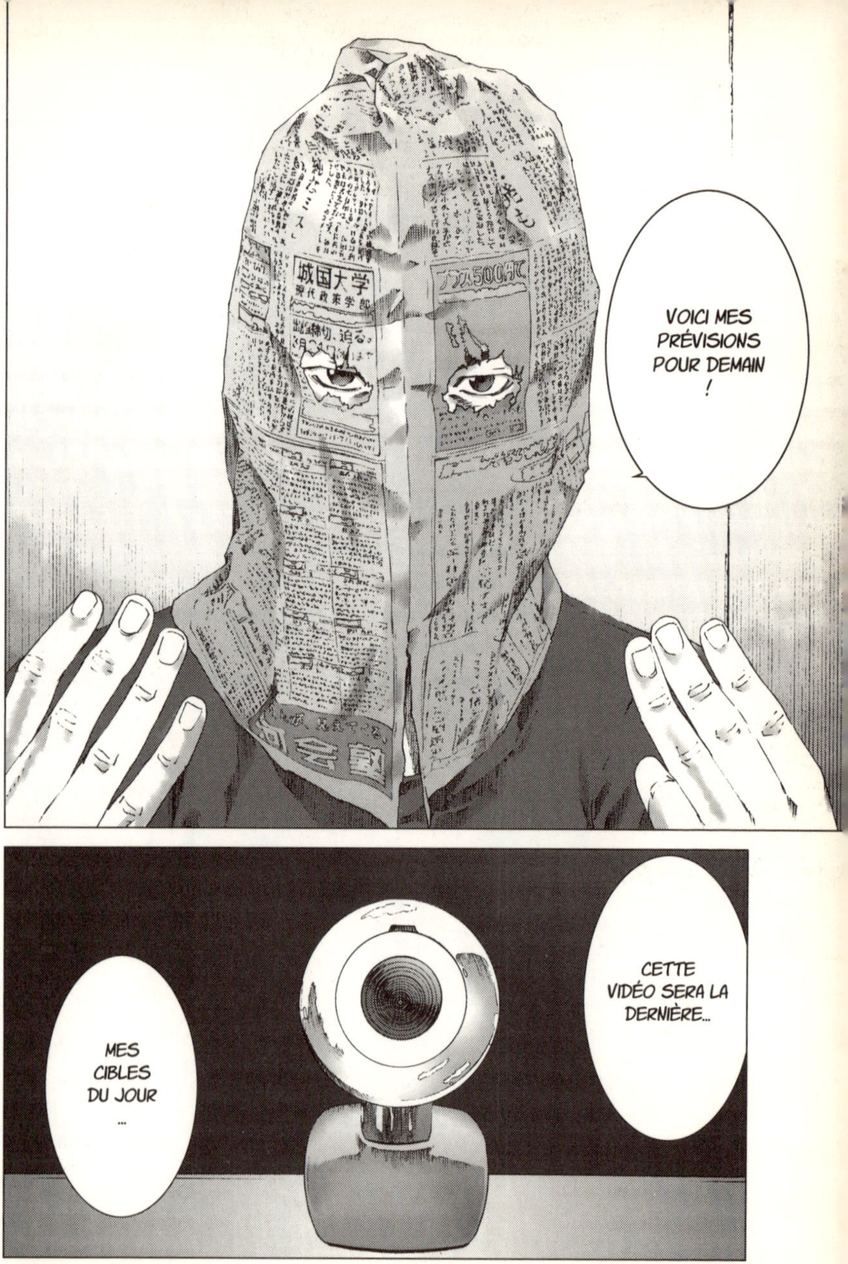
VOICI MES PRÉVISIONS POUR DEMAIN !
CETTE VIDÉO SERA LA DERNIÈRE...
MES CIBLES DU JOUR ...

SONT CES QUATRE HOMMES QUI ONT COMMIS DES ACTES DE TERRORISME...
SOUS LE NOM DE PAPERBOY !
SOUS PRÉTEXTE DE PUNIR DES INDIVIDUS RESPONSABLES DE FLAMING, ILS SE SONT LIVRÉS À DES LYNCHAGES EN RÈGLE !
CE SONT DES ORDURES FINIES...
QUI SE SONT PRISES POUR DES DIEUX !

CES FUMIERS MÉRITENT UNE SANCTION...
ILS SERONT MIS À MORT DANS 24 HEURES !
L'EXÉCUTION ...
SERA DIFFUSÉE EN DIRECT SUR LE NET !
OH LA VACHE ! MDR !!
Suicide en streaming live !!!

BIP
KANSAI
VOUS A ENVOYÉ UNE PHOTO
OUVRIR LE MESSAGE
TAC TAC
CLIC
5 SECONDES RESTANTES
COPIE DE 1 ÉLÉMENT (250 KB)
Depuis ******* vers C:\Documents and Settings
\Administrator\My Documents
5 SECONDES RESTANTES
INFORMATIONS
ANNULER
CLIC
CLIC

AH !
C'EST BON ?
OUI...
TOUT EST PRÊT !
ALORS ALLONS-Y !
(PRÉNOM)
Nelsin - kato - Ricarte
OUAIS !
ADRESSE
CODE POSTAL

DOSSIER 19

CYBER CAFÉ GARA-GARA
4 JUIN, 18 H 20. CYBERCAFÉ GARA-GARA, VILLE Y, PRÉFECTURE DE KANAGAWA.
SELON LA CYBER-FORCE, LA VIDÉO A ÉTÉ POSTÉE DEPUIS LE BOX N° 8 ...
IL ÉTAIT ENCORE OCCUPÉ IL Y A 20 MINUTES !
CLAC
COMPRIS !
VVVM

EUH ...
?
QU'EST-CE QUE VOUS FAITES TOUS LÀ ?
BEN ...
IL N'Y A PERSONNE ...
À LA CAISSE !
FORMULAIRE D'INSCRIPTION
Nelsin-kato-Ricarte
TSS...
J'AI COMME UNE IMPRESSION DE DÉJÀ VU !

NELSIN KATO RICARTE ...
QU'EST-CE QU'IL PEUT BIEN VOULOIR DIRE EN LAISSANT CE NOM À CHAQUE FOIS ?
C'EST TOUT SIMPLEMENT UNE SIGNATURE QUI LUI SERT À SE METTRE EN AVANT !
RIEN D'ÉTONNANT DE LA PART D'UN CRIMINEL QUI CHERCHE À SE RENDRE CÉLÈBRE EN JOUANT LES REDRESSEURS DE TORTS...
防犯カメラ設置店
SI SEULEMENT CE N'ÉTAIT QUE ÇA...
ON SAVAIT QUE LA SÉCURITÉ PUBLIQUE FINIRAIT PAR S'EN MÊLER...
ILS ONT COMMENCÉ À FAIRE DES RECHERCHES SUR NELSIN KATO RICARTE...
!
MAIS OUI ! ILS ONT PEUT-ÊTRE TROUVÉ QUELQUE CHOSE !
MAIS J'AI L'IMPRESSION DE PASSER À CÔTÉ D'UN ÉLÉMENT CRUCIAL !

QUOI ?!
COMMENT ÇA, TU NE PEUX PAS VENIR ?!
JE SUIS DÉBORDÉ, ICI ! L'AUTRE CRÉTIN DE NOUVEAU S'EST TIRÉ DÈS LE PREMIER JOUR !
JE M'EN FICHE, QUE TU N'AIES PAS EU TES HEURES DE SOMMEIL !
MOI NON PLUS, JE N'AI PAS DORMI, MERDE !!
CLAC
OUPS !
EXCUSEZ MON LANGAGE !
CE N'EST PAS GRAVE !
BON ! QU'EST-CE QUE VOUS POUVEZ M'APPRENDRE...
SUR L'AUTRE CRÉTIN DE NOUVEAU ?
SHINICHI TERAHARA ...
NOM
TERAHARA Shinichi
H F
SIGNATURE
21 AOÛT 1979 (32 ANS)
CODE POSTAL 812-XXXX
TEL
ARRONDISSEMENT DE HAKATA, VILLE DE FUKUOKA, PRÉFECTURE DE FUKUOKA
32 ANS, RÉSIDANT À FUKUOKA !

SI KIMURA N'A PAS MENTI EN DISANT QU'ILS ÉTAIENT QUATRE...
ON LES A MAINTENANT TOUS IDENTIFIÉS !
CE SERAIT PRESQUE TROP FACILE...
JE SUPPOSE QU'ILS N'AVAIENT PLUS BESOIN DE CACHER LEUR IDENTITÉ !
RIEN QUE POUR ÉVITER D'ÊTRE REPÉRÉ AVANT D'AVOIR EU LE TEMPS DE METTRE LA VIDÉO EN LIGNE ET DE QUITTER LES LIEUX...
OKUDA A ENVOYÉ UN DE SES COMPLICES SE FAIRE EMBAUCHER ICI EN SACRIFIANT SON ANONYMAT !
C'EST BEAUCOUP TROP CHER PAYÉ !
CELA DIT, ÇA N'A SANS DOUTE PLUS D'IMPORTANCE...
S'ILS COMPTENT VRAIMENT METTRE FIN À LEURS JOURS !

QU'À CELA NE TIENNE, JE LES EN EMPÊCHERAI !
J'AI BIEN L'INTENTION DE LEUR FAIRE AVOUER...
LA RAISON QUI LES A POUSSÉS À COMMETTRE CES CRIMES !
LIEUTENANT !
J'AI TROUVÉ ÇA DANS LE BOX 8 !
UNE CLÉ USB ...
UN PETIT SOUVENIR D'OKUDA ?
J'AIMERAIS LA CONSULTER TOUT DE SUITE ...
MAIS SANS UN PC NON CONNECTÉ À UN RÉSEAU, CE SERAIT TROP RISQUÉ !
ON RENTRE AU POSTE !
OK !

VROUM
(NOM)
(PRÉNOM)
ADRESSE
Nelsin - kato - Ricarte
ÇA DOIT BIEN ...
AVOIR UNE SIGNIFICATION QUELCONQUE !
VOUS DISIEZ ...
QUELQUE CHOSE ?
MANABU ...
TU NE CONNAÎTRAIS PAS UN MOYEN D'OBTENIR LES RÉSULTATS D'UNE ENQUÊTE DE LA SÉCURITÉ PUBLIQUE ?
EUH ...
RIEN QUE ÇA ?

ILS N'ONT PAS LEUR PAREIL POUR METTRE À NU L'IDENTITÉ ET LE PASSÉ D'UN INDIVIDU !
S'ILS ONT DÉCOUVERT QUELQUE CHOSE SUR NELSIN KATO RICARTE, J'AIME-RAIS BIEN QU'ILS M'EN FASSENT PART !
ILS ONT BEAU ÊTRE DES POLICIERS COMME NOUS, ILS NE COOPÈRENT JAMAIS AVEC LES AUTRES SER-VICES !
AUCUNE CHANCE !
HMM...
C'EST CE QUE JE CRAI-GNAIS !
TANT PIS...
JE VAIS DEVOIR UTI-LISER MON ATOUT !
4 JUIN, 20 H 00.
PRÉFECTURE DE POLICE.

* ENTRER TOUTES LES COMBINAISONS POSSIBLES JUSQU'À TOMBER SUR LA BONNE.

DE TOUTE FAÇON, S'ILS ONT LAISSÉ CETTE CLÉ SUR PLACE POUR QU'ON LA TROUVE, C'EST QU'ELLE CON-TIENT QUELQUE CHOSE QU'ILS VEULENT NOUS MONTRER...
ALORS ÇA M'ÉTONNERAIT QUE LE MOT DE PASSE SOIT TROP DIFFICILE À TROUVER !
CELA DIT, ILS NE TIENNENT PROBABLEMENT PAS À CE QU'ON ACCÈDE TOUT DE SUITE AUX DONNÉES...
PAS AVANT QU'ILS AIENT EXÉCUTÉ...
LEUR DERNIÈRE SENTENCE !
BON...
RESTE À OBTENIR DES INFOS DE LA SÉCURITÉ PUBLIQUE !
DAIKI !
TU PEUX VENIR ?
EUH ...
OK !

VVVM
ON EST PLUS BAS QUE LE PARKING SOUTER-RAIN...
JE NE CONNAIS-SAIS PAS CET EN-DROIT !
2
1
B1
B2
B3
B4
TIIIING
BIP
OÙ EST-CE QU'ON EST...
AU JUSTE ?
TAP
TAP
TAP

SI ON DÉCOUVRE CE QUE JE M'APPRÊTE À FAIRE, JE RISQUE BEAUCOUP PLUS QUE MON EMPLOI !
CLIC
ÉCOUTE...
PARDON ?
MOI, JE M'EN FICHE, J'AI DÉJÀ REMIS MA LETTRE DE DÉMISSION IL Y A QUELQUES JOURS...
MAIS JE NE VEUX PAS QUE TU AIES DES ENNUIS, ALORS N'HÉSITE PAS À DIRE QUE TU N'ES JAMAIS DESCENDU ICI !
CRR
CRR
K
K
CLIC
APPEL VIDÉO
"K" ?
APPEL EN COURS...

DÉROBER LES RÉSULTATS D'UNE ENQUÊTE DE LA SÉCURITÉ PUBLIQUE ?
HA HA HA !
VOILÀ UNE REQUÊTE BIEN AUDACIEUSE, LIEUTENANT !
C'EST QUI, CE TYPE ?
UN HACKER !
IL ME DONNE PARFOIS UN COUP DE MAIN DANS DES AF-FAIRES LIÉES À INTERNET ...
UN HACKER ...
QUI COL-LABORE AVEC LA POLICE ?
EH OUI !
CELA DIT, C'EST LA PREMIÈRE FOIS QUE JE LUI DEMANDE D'ENFREINDRE LA LOI !

ON PEUT VRAIMENT LUI FAIRE CONFIANCE ?
EH BIEN ...
JE N'IRAIS CERTAINEMENT PAS JUSQU'À DIRE QU'IL EST HONNÊTE...
MAIS IL EST DOUÉ, JE PEUX L'AFFIRMER !
JE VOUS ENTENDS, VOUS SAVEZ !
JE VOIS QUAND MÊME MAL UN CIVIL ACCÉDER AUX DONNÉES DE LA SÉCURITÉ PUBLIQUE...
CE N'EST PAS SI DIFFICILE !
POUR FRANCHIR LEUR SYSTÈME DE PROTECTION ...
IL SUFFIT DE PASSER PAR LEUR LOGICIEL DE TRAITEMENT DE TEXTE !
JE CRÉE UNE RÉPLIQUE DU MODÈLE DONT ILS SE SERVENT POUR ÉCRIRE LEURS RAPPORTS...
PUIS J'UTILISE LEURS IDENTIFIANTS POUR M'EMPARER DES DROITS D'ADMINISTRATION DU SERVEUR !

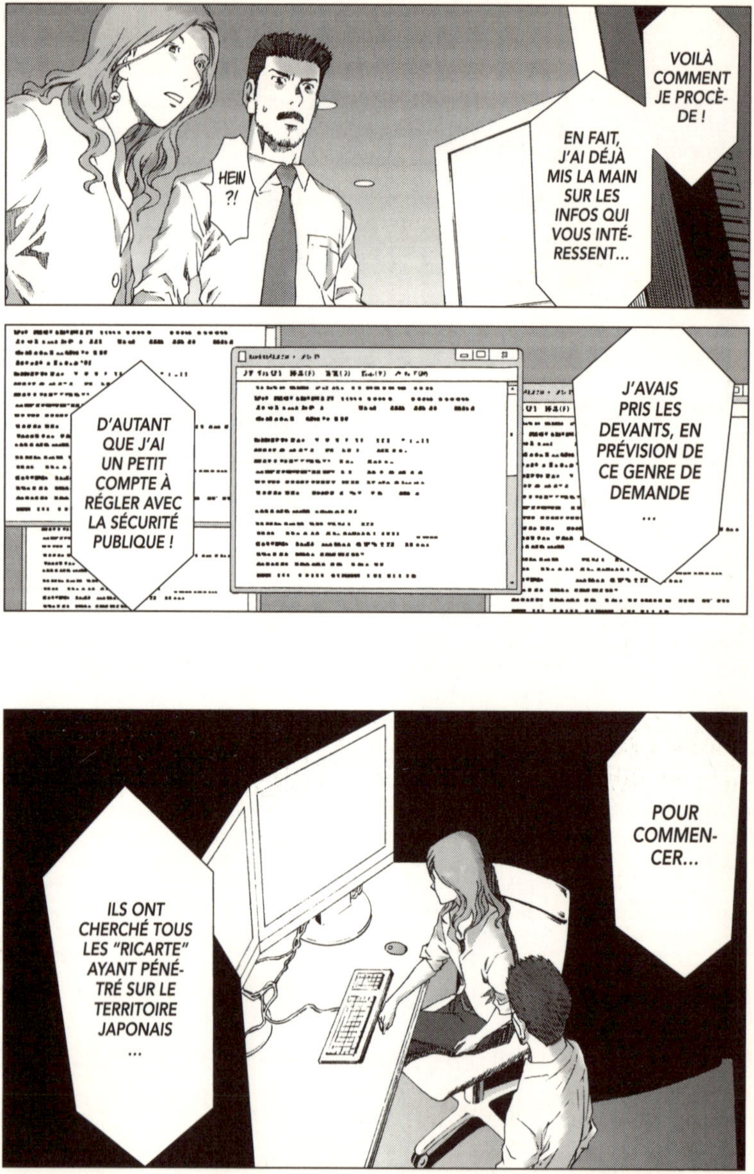
VOILÀ COMMENT JE PROCÈDE !
EN FAIT, J'AI DÉJÀ MIS LA MAIN SUR LES INFOS QUI VOUS INTÉRESSENT…
HEIN ?!
J'AVAIS PRIS LES DEVANTS, EN PRÉVISION DE CE GENRE DE DEMANDE…
D'AUTANT QUE J'AI UN PETIT COMPTE À RÉGLER AVEC LA SÉCURITÉ PUBLIQUE !
POUR COMMENCER…
ILS ONT CHERCHÉ TOUS LES "RICARTE" AYANT PÉNÉTRÉ SUR LE TERRITOIRE JAPONAIS…

EN FOUILLANT DANS LES LISTES DES 30 DERNIÈRES ANNÉES...
ILS ONT TROUVÉ 135 INDIVIDUS PORTANT CE NOM !
APRÈS AVOIR VÉRIFIÉ TOUTES LES PISTES...
ILS SE SONT ARRÊTÉS SUR CRISTINA RICARTE...
UNE PHILIPPINE AYANT DÉBARQUÉ AU JAPON EN AVRIL 1985.
Name
Nationality
Registered Domicile
Manila
Sex
F
ELLE AVAIT OBTENU UN VISA DE TRAVAIL EN TANT QUE DANSEUSE, PAR L'ENTREMISE D'UN AGENT ...
ELLE A ENSUITE TRAVAILLÉ DEUX ANS DANS UN BAR DE TOKYO...
MAIS EN 1987, ELLE EST TOMBÉE ENCEINTE ...
ET ELLE EST RETOURNÉE AUX PHILIPPINES !
沖縄そば

À L'ÉPOQUE, ELLE VIVAIT EN CONCUBINAGE AVEC UN SOI-DISANT DÉPUTÉ APPELÉ KATÔ...
MAIS CE DERNIER A DISPARU À L'ANNONCE DE LA GROSSESSE !
SOIT DIT EN PASSANT, CET HOMME PRÉTENDAIT RÉSIDER DANS LA PRÉFECTURE N...
MAIS AUCUN DÉPUTÉ PORTANT CE NOM N'EXERÇAIT DANS LA RÉGION !
C'ÉTAIT UNE FAUSSE IDENTITÉ QU'IL S'ÉTAIT FABRIQUÉE ...
POUR PROFITER INCOGNITO DES PLAISIRS NOCTURNES, EN PARTICULIER DANS LES BARS !
KATO ...
RICARTE !

LES EN-QUÊTEURS ONT AUSSI SUIVI UNE AUTRE PISTE ASSEZ INTÉ-RESSANTE…
QUAND LE CYBERCAFÉ PITBOY K A FERMÉ EN AVRIL 2008 …
IL MANQUAIT UN TOKEN OTP DANS L'INVEN-TAIRE !
TOUTE TRACE DE CET APPAREIL A ÉTÉ EFFA-CÉE SIX MOIS PLUS TARD.
PUSH
DE PLUS, LES ÉTABLISSEMENTS PITBOY ONT POUR RÈGLE DE CONSER-VER PENDANT CINQ ANS LES DONNÉES RELATIVES À LEURS EMPLOYÉS…
MAIS CELLES D'UN HOMME QUI TRAVAILLAIT DANS LE CYBER-CAFÉ K ONT ÉGALEMENT ÉTÉ SUPPRIMÉES SIX MOIS APRÈS LA FERMETURE !
SELON LES INFORMATIONS QUI ONT PU ÊTRE RÉCUPÉRÉES, L'INDIVIDU S'AP-PELAIT NELSIN KATO RICARTE …
UN MÉTIS PHILIPPINO-JAPONAIS QUI AVAIT 20 ANS À L'ÉPOQUE !

VOILÀ TOUT CE QUE LA SÉCURITÉ PUBLIQUE A DÉCOUVERT POUR LE MOMENT !
IMPRESSIONNANT !
ILS SONT REMONTÉS TRÈS LOIN !
AU FAIT, POUR SUPPRIMER LES DONNÉES D'UN EMPLOYÉ...
IL FAUT, EN PLUS DU TOKEN OTP, DES CONNAISSANCES DE BASE EN PHP ET EN MYSQL !
UN PHILIPPINO-JAPONAIS, SANS DOUTE SANS PAPIERS...
QUI TRAVAILLAIT CHEZ PITBOY...
LES PIÈCES DU PUZZLE COMMENCENT À SE METTRE EN PLACE !
OUI...
MAIS IL NOUS EN MANQUE ENCORE UNE...
LE RAPPORT ENTRE CET HOMME ET LES CRIMES COMMIS PAR OKUDA ET SA BANDE !

CRR
ギッ
TOC
ゴトッ
CLIC
カチッ
SCROUI
ECO

BON, AU BOULOT !
NO SMOKING

IL EST TEMPS DE METTRE À EXÉCUTION LA DERNIÈRE SANCTION !

TU VEUX VRAIMENT ...
ALLER JUSQU'AU BOUT ?
IL EST ENCORE TEMPS D'Y RÉFLÉCHIR ...
IL Y A PEUT-ÊTRE UN AUTRE MOYEN !
ON A PRIS CETTE DÉCISION IL Y A TROIS ANS ...
JE N'AI PAS L'INTENTION DE REVENIR DESSUS !
JE SAIS BIEN QU'ON NE PEUT PLUS RECULER ...
MAIS TU N'AS AUCUN MESSAGE À LAISSER ?

INUTILE...
NOS VIDÉOS CONTINUERONT À EXISTER SUR LA TOILE SANS MÊME QU'ON AIT À LE DEMANDER !
C'EST BIEN POUR ÇA QU'ON S'EST SERVIS DU NET...
ET QU'ON S'EST DÉBROUILLÉS POUR AVOIR LE SOUTIEN DES GENS !
...
KANSAI ...
TON PENDENTIF !

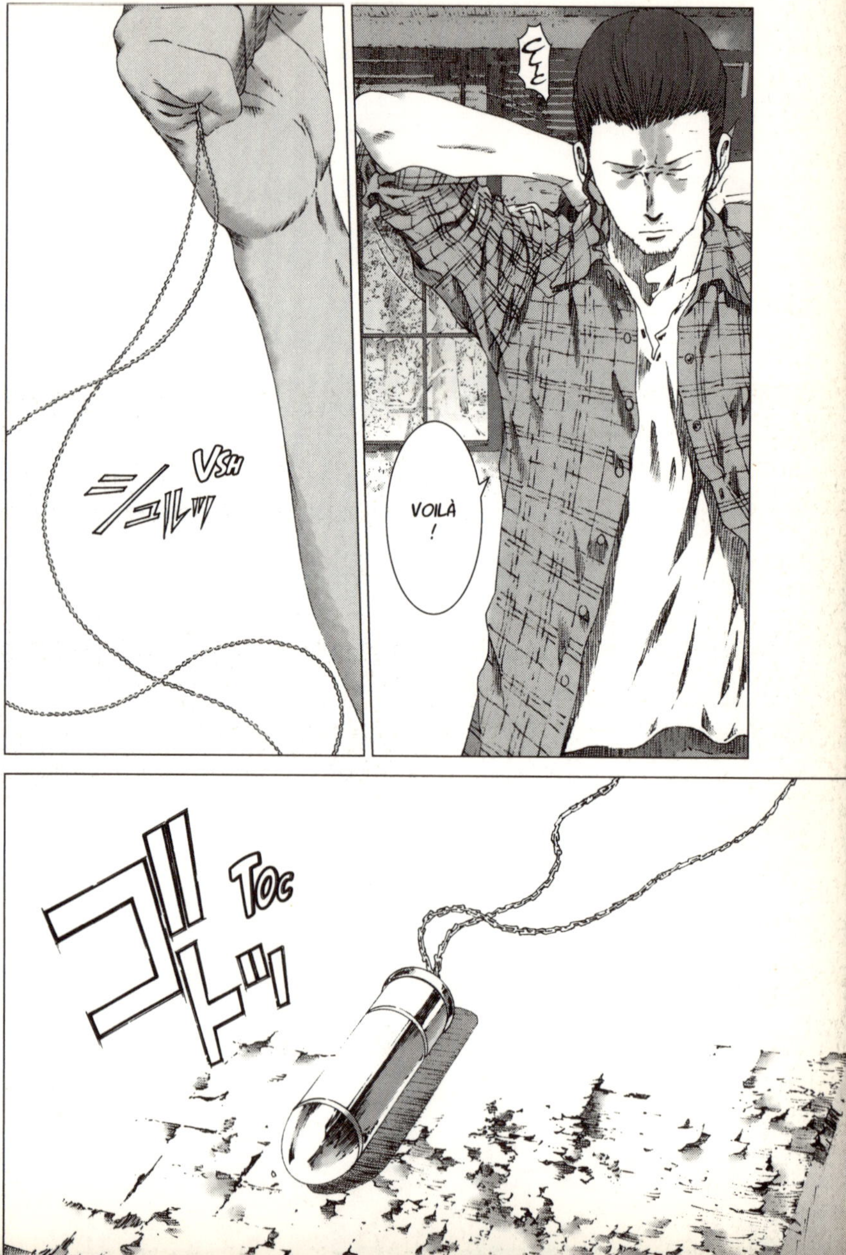
VOILÀ !
シュルッ
VSH
ゴトッ
TOC

DOSSIER 20

5 JUIN, 0 H 10.
UN BÂTIMENT DÉSAFFECTÉ.
TROP COURT !
TROP FIN...
CRAC
TROP FRAGILE !
QUELQU'UN ...
AURAIT UN BÂTON D'ENVIRON DIX CENTIMÈTRES ?
TU VEUX DIRE ...
UN BOUT DE BOIS ?
PAS FORCÉMENT...
N'IMPORTE QUOI FERA L'AFFAIRE, TANT QUE C'EST SOLIDE !
UN STYLO, PAR EXEMPLE !
J'EN AI UN...
SI TU VEUX !
MERCI ...
C'EST PARFAIT !

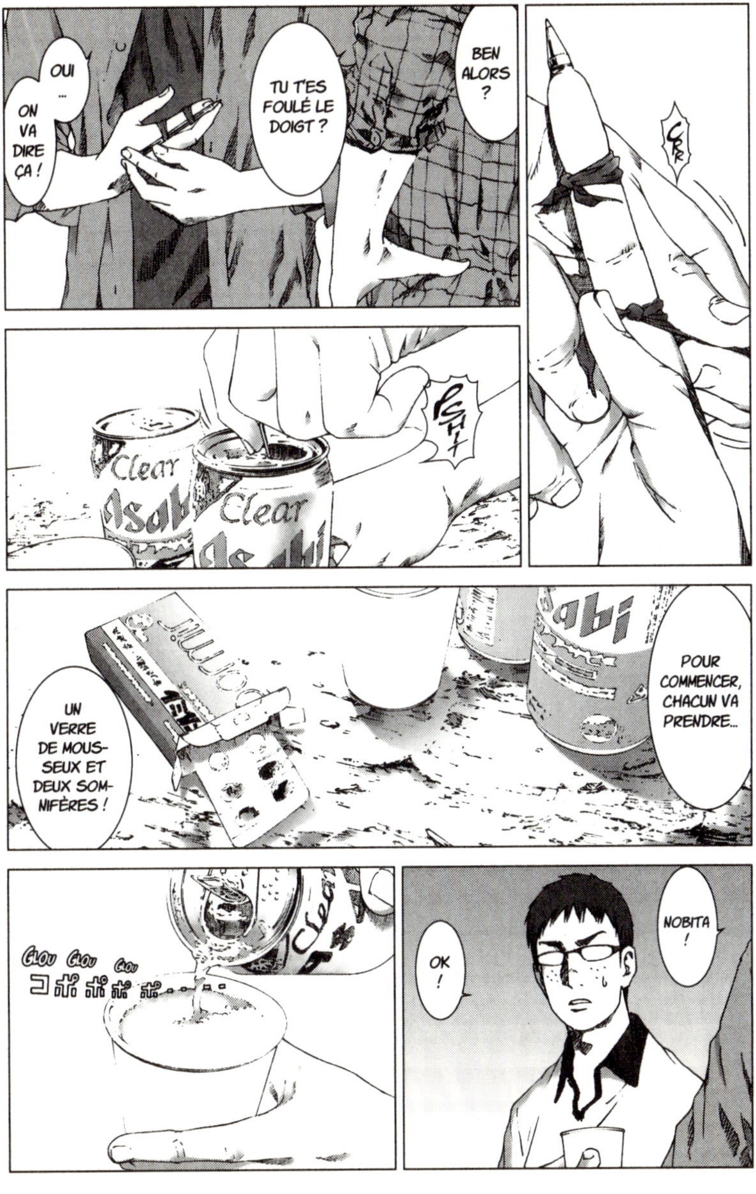
BEN ALORS ?
TU T'ES FOULÉ LE DOIGT ?
OUI ... ON VA DIRE ÇA !
ÇRK
PSHIT
Clear Asahi
POUR COMMENCER, CHACUN VA PRENDRE...
UN VERRE DE MOUSSEUX ET DEUX SOMNIFÈRES !
NOBITA !
OK !
GLOU GLOU GLOU
コポポポポ…

TILT
DIS-MOI...
IL Y A UN TRUC QUI ME CHIFFONNE DEPUIS UN MOMENT !
HEIN ?
TU NOUS CACHES...
QUELQUE CHOSE, NON ?
?
JE NE COMPRENDS PAS...
BON ...
JE NE VAIS PAS TOURNER AUTOUR DU POT PENDANT 107 ANS !

JE PENSE ...
QUE TU NOUS AS BALANCÉS AUX FLICS !
!

BRRR
BRRR
TU NE LEUR AS PAS TOUT DÉBALLÉ ...
SINON ON SERAIT TOUS EN TAULE, À L'HEURE QU'IL EST...
MAIS TU LEUR EN AS QUAND MÊME ASSEZ DIT POUR QU'ILS EN SACHENT LONG SUR NOUS !
JE ME TROMPE ?
GH ...

PLIC
PLIC
GH…
NOBITA…
DIS-MOI QUE C'EST PAS VRAI !
JE… J'AI VOULU…
LEUR TÉLÉPHONER…
TU AS "VOULU" ?
DONC TU NE L'AS PAS FAIT ?
EUH… C'EST-À-DIRE QUE…
C'EST OUI OU C'EST NON ?!

EUH ...
J'AI PANIQUÉ ...
ET J'AI RACCROCHÉ !
POUR RACCROCHER...
IL A D'ABORD FALLU QUE TU TÉLÉPHONES !
PARDON... JE SUIS DÉSOLÉ !
J... J'AVAIS PEUR !
QU'EST-CE QUI T'A PRIS ?
BON SANG !
TSS ...
ON FAIT QUOI, GATES ?

TOC
ゴトッ
NOBITA !
TU VAS RECEVOIR UN BLÂME ...
DE 60 SECONDES !
UN BLÂME ?
JE VAIS FIXER CE FER À SOUDER SUR UNE PARTIE DE TON CORPS ...
CE PROGRAMMATEUR L'ALLUMERA UNE MINUTE PENDANT TON SOMMEIL !
COMME TU AURAS PRIS DES SOMNIFÈRES, ÇA NE TE RÉVEILLERA PAS...
JE LE SAIS, JE L'AI TESTÉ MOI-MÊME !
PAR CONTRE, LA BRÛLURE NE DISPARAÎTRA PAS FACILEMENT...
ET C'EST CE QUI VA TE SAUVER !
?
QUOI ?

CLAC
MANABU !
DAIKI !
VENEZ DONNER UN COUP DE MAIN AU LIVREUR !
5 JUIN, 0 H 20. PRÉFECTURE DE POLICE.
BONSOIR !
C'EST LE MAGASIN D'INFORMATIQUE THREE DOGS !
CLAC CLAC
QU'EST-CE QUE C'EST QUE ÇA ?!
DES ORDINATEURS, ÇA NE SE VOIT PAS ?
JE ME SUIS DIT QU'ILS ACCÉLÉRERAIENT LA RECHERCHE DU MOT DE PASSE...
C'EST QUAND MÊME MIEUX QUE NOS VIEUX MODÈLES !

JE LES BRANCHE EN RÉSEAU ...
ÇA NOUS FERA UNE PLUS GRANDE PUISSANCE DE CALCUL POUR LE DÉCRYPTAGE DU FICHIER !
CHACUN DE CES PC COÛTE DANS LES 500 000 YENS* !
ET IL Y EN A SIX...
* ENVIRON 3 700 EUROS, NDT.
EUH...
SANS VOULOIR ÊTRE POINTILLEUX ...
VOUS ALLEZ FAIRE PASSER LA DÉPENSE EN NOTES DE FRAIS ?
TU PLAISANTES ?
TOUT EST DE MA POCHE !
HEIN ?!

NE VOUS EN FAITES PAS, JE NE VAIS PAS ME RUINER !
BIP
JE LES REVENDRAI AU MAGASIN DÈS QU'ON EN AURA FINI...
AH... D'ACCORD...
MERCI !
MERCI BEAUCOUP !!
BIEN ENTENDU, JE ME CHARGE GRATUITEMENT DE L'INSTALLATION !
MERCI !
FAITES VITE, S'IL VOUS PLAÎT !
BIP
AH !
ÇA Y EST !
PAPERBOY A COMMENCÉ SA RETRANSMISSION !
IL ÉMET DEPUIS PLUSIEURS SITES DE STREAMING EN MÊME TEMPS !

BIENVENUE À NOTRE DERNIÈRE ACTION !

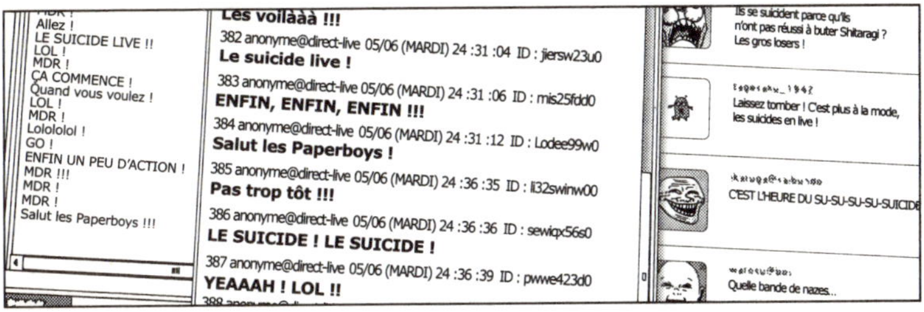
Allez !
LE SUICIDE LIVE !!
LOL !
MDR !
ÇA COMMENCE !
Quand vous voulez !
LOL !
MDR !
Lolololol !
GO !
ENFIN UN PEU D'ACTION !
MDR !!!
MDR !
MDR !
Salut les Paperboys !!!
Les voilààà !!!
382 anonyme@direct-live 05/06 (MARDI) 24 :31 :04 ID : jiersw23u0
Le suicide live !
383 anonyme@direct-live 05/06 (MARDI) 24 :31 :06 ID : mis25fdd0
ENFIN, ENFIN, ENFIN !!!
384 anonyme@direct-live 05/06 (MARDI) 24 :31 :12 ID : Lodee99w0
Salut les Paperboys !
385 anonyme@direct-live 05/06 (MARDI) 24 :36 :35 ID : li32swinw00
Pas trop tôt !!!
386 anonyme@direct-live 05/06 (MARDI) 24 :36 :36 ID : sewiqx56s0
LE SUICIDE ! LE SUICIDE !
387 anonyme@direct-live 05/06 (MARDI) 24 :36 :39 ID : pwwe423d0
YEAAAH ! LOL !!
Ils se suicident parce qu'ils n'ont pas réussi à buter Shitaragi ? Les gros losers !
Laissez tomber ! C'est plus à la mode, les suicides en live !
C'EST L'HEURE DU SU-SU-SU-SU-SUICIDE
Quelle bande de nazes...

COMME LA PLUPART D'ENTRE VOUS S'EN DOUTENT DÉJÀ...
VOUS ALLEZ ASSISTER À NOTRE SUICIDE EN DIRECT !

NOTRE OBJECTIF ...
ÉTAIT DE DÉFENDRE LA CAUSE DES INTERNAUTES...
ET D'ASSASSINER LES ORDURES DU GENRE DE SHITARAGI !
TAIS-TOI ET CRÈVE !
VOUS VOYEZ ÇA, LES POULETS ?!
LE SUICIDE !
VITE !
MAIS ON A ÉCHOUÉ ...
ET ON LE REGRETTE AMÈREMENT !
NOUS SOMMES PRÊTS À ASSUMER NOS RESPONSABILITÉS !
QUEL BARATIN !

CETTE CAPSULE CONTIENT 0,5 GRAMMES DE CYANURE...
SUF-FISAMMENT POUR TUER UNE PER-SONNE !
ELLE COMMENCERA À SE DISSOU-DRE AU BOUT DE 30 MINUTES DANS NOTRE ESTOMAC...
ET NOUS AL-LONS MOURIR DANS NOTRE SOMMEIL !
...
MAIN-TENANT, ON N'A PLUS AU-CUNE RAISON DE PORTER CES MAS-QUES...
FRSH

ENFIN !
OOOOOOOOOO
OUAAAAAAAAAAAAIIII
ON VOIT LEURS TÊTES
YEAAAAAAH !
MDRRR
LES TRONCHES ! LOL !!
PAPERBOY DÉMASQUÉ !!!
OH LA VACHE ! LOL
C'EST PARTI !!!
OOOOOOOOOOOOOOOOOH !!!
TIENS ?

GLOU GLOU
GLOU GLOU
J'AI RÊVÉ …
OU IL A REMPLACÉ LES CAP-SULES ?
KILROY WAS HERE

DIS À LA CYBER-FORCE DE DÉTERMINER AU PLUS VITE...
L'ORIGINE DE LA TRANS-MISSION !
JE LES APPELLE !
LIEU-TENANT !
PEUT-ÊTRE BIEN QU'ILS SONT ...
DANS UNE BASE DÉ-SAFFECTÉE DE L'ARMÉE AMÉRICAINE !
AH BON ?
QU'EST-CE QUI TE FAIT DIRE ÇA ?
CE GRAFFITI ...
SUR LE MUR !
KILROY WAS HERE
"KILROY WAS HERE" ...

?
ÇA A UNE SIGNIFICATION PARTICULIÈRE ?
NON, PAS VRAIMENT...
ÇA SE TRADUIT : "KILROY EST PASSÉ PAR LÀ" !
C'ÉTAIT UN GRAFFITI ASSEZ POPULAIRE CHEZ LES TROUPES AMÉRICAINES, PENDANT LA SECONDE GUERRE MONDIALE...
KILROY WAS HERE
PAR CONTRE, IL N'EST PAS TRÈS CONNU AU JAPON !
JE CONFIRME...
JAMAIS ENTENDU PARLER !
MOI NON PLUS...
ALORS IL Y A DE FORTES CHANCES QUE CE BÂTIMENT AIT ÉTÉ FRÉQUENTÉ PAR DES SOLDATS AMÉRICAINS !
CELA DIT, ON NE PEUT PAS EN ÊTRE SÛRS...
KILROY WAS HERE
JE VOIS...
À EN JUGER PAR L'ÉCHO DE LA VOIX D'OKUDA, C'EST UN ENDROIT ASSEZ SPACIEUX...
UNE FOIS LE SON ANALYSÉ, JE POURRAI VOUS EN DONNER LA SUPERFICIE EXACTE !

UNE ANCIENNE BASE US ...
À QUELQUES HEURES DU CYBERCAFÉ GARA-GARA ...
VOILÀ QUI LIMITE LE CHAMP DES RECHER-CHES !
J'APPELLE LES COM-MISSARIATS LOCAUX !
QUOI ?!
ÇA NE SERVIRAIT À RIEN !
LA POLICE JAPONAISE ...
NE PEUT PAS PÉNÉ-TRER DANS DES INSTAL-LATIONS DE L'ARMÉE AMÉ-RICAINE !
BON SANG !

ILS NOUS ONT BIEN EUS !
ILS SAVAIENT QUE L'ENDROIT ÉTAIT EN DEHORS DE NOTRE JURIDICTION ...
SI JE COMPRENDS BIEN...
ON N'A PLUS QU'À LES REGARDER MOURIR ?
J'EN AI BIEN PEUR...
QUOIQUE...
TOUT N'EST PAS FORCÉMENT PERDU !
SI C'EST UNE BASE DÉSAFFECTÉE, PEUT-ÊTRE QU'ELLE N'APPARTIENT PLUS AUX AMÉRICAINS ...
D'AILLEURS, LE FAIT QUE CES QUATRE-LÀ Y SOIENT ENTRÉS PROUVE QU'ELLE N'EST PAS SURVEILLÉE !

RESTE QU'EN Y PÉNÉTRANT EN CONNAISSANCE DE CAUSE...
ON VA S'EXPOSER À DES SANCTIONS !
EN TOUT CAS, ON NE PEUT PAS DEMANDER L'AIDE DE LA POLICE LOCALE !
BIP
AH !
*****
password match
ÇA Y EST !
ON A LE MOT DE PASSE !
LE FICHIER CONTIENT UNE IMAGE !
TAC TAC

QU'EST-CE QUE C'EST QUE ÇA ?
EXIF ?
ON EST CENSÉS CONSULTER LES DONNÉES EXIF, C'EST ÇA ?
LANCE LA VISIONNEUSE !
EXIF : SPÉCIFICATION DE FORMAT DE FICHIER INCLUANT DANS LES IMAGES DES DONNÉES COMME LA MARQUE DE L'APPAREIL PHOTO, LE JOUR ET L'HEURE DE LA PRISE, ETC.
LA PHOTO A ÉTÉ PRISE AVEC UN TÉLÉPHONE PORTABLE JAPONAIS ...
IL Y A SEPT HEURES, C'EST-À-DIRE À 17 H 40 !
IL Y A AUSSI LES COORDONNÉES GPS DE L'ENDROIT !
C'EST JUSTE À CÔTÉ DU CAMP MILITAIRE US DE KANAGAWA...
AVEC CETTE CARTE, ON NE PEUT PAS VOIR ...
SI C'EST À L'INTÉRIEUR OU À L'EXTÉRIEUR DU SITE !

C'ÉTAIT BIEN UNE INSTALLATION AMÉRICAINE !
VOILÀ CE QU'ON POURRAIT DIRE...
"ON A MENÉ L'ENQUÊTE AVEC COMME PRIORITÉ DE RETROUVER LES SUSPECTS À PARTIR DES COORDONNÉES GPS QU'ILS NOUS AVAIENT LAISSÉES...
SI CELA NOUS A AMENÉS À PÉNÉTRER DANS CERTAINS BÂTIMENTS...
C'EST UNE INITIATIVE QUE NOUS AVONS DÛ PRENDRE POUR ACCOMPLIR NOTRE DEVOIR DE POLICIERS !"
...
ÇA VA PASSER, VOUS CROYEZ ?
IL FAUDRA BIEN...
ON PEAUFINERA LES EXCUSES PLUS TARD !
DAIKI !
TROUVE-MOI LA VOITURE LA PLUS RAPIDE DE LA PRÉFECTURE !
ENTENDU !

TIIIIING
VVVM
OH !
HÉ HÉ HÉ !
JE VOUS ATTENDAIS ...
LIEUTENANT YOSHINO !
EUH ...
POURQUOI IL NOUS TOURNE LE DOS ?
VOUS ÊTES NIIGAKI ... DE LA PATROUILLE ROUTIÈRE ?
C'EST ARAGAKI !

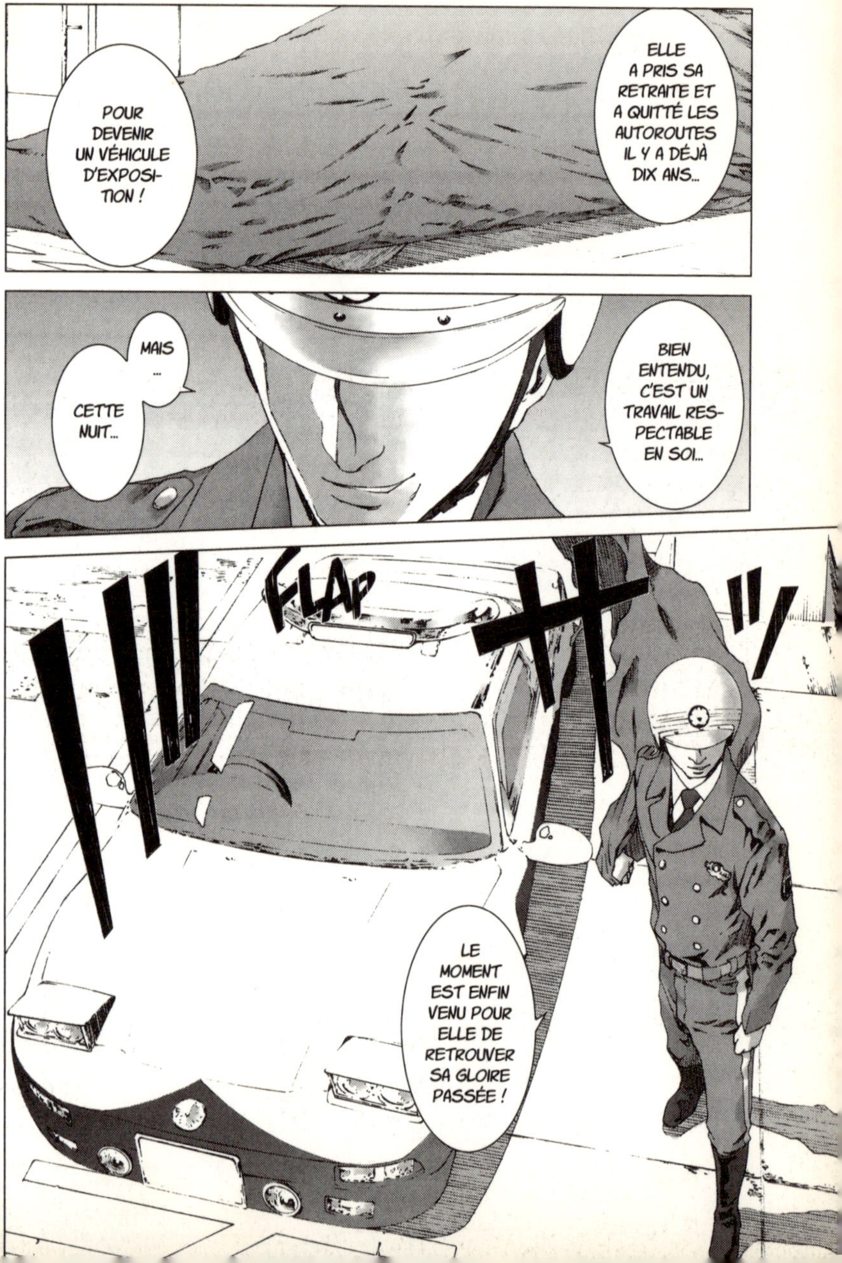
ELLE A PRIS SA RETRAITE ET A QUITTÉ LES AUTOROUTES IL Y A DÉJÀ DIX ANS...
POUR DEVENIR UN VÉHICULE D'EXPOSITION !
BIEN ENTENDU, C'EST UN TRAVAIL RESPECTABLE EN SOI...
MAIS ...
CETTE NUIT...
FLAP
LE MOMENT EST ENFIN VENU POUR ELLE DE RETROUVER SA GLOIRE PASSÉE !

DOSSIER 21

PROPHECY

VROOOUM
ブォォォォォォォ...
REGARDE !
UNE FERRARI !
DIS-MOI, CHÉRIE ...
ET SI ON S'ACHETAIT UNE VOITURE DE SPORT, LA PROCHAINE FOIS ?
QUOI ?!
ON N'A PLUS LES ENFANTS À CHARGE...
ON PEUT BIEN SE FAIRE UN PETIT PLAISIR !
ET AVEC QUEL ARGENT ?
TU AS TROUVÉ UN PUITS DE PÉTROLE, PEUT-ÊTRE ?
JE NE VOIS PAS CE QUI T'ATTIRE, DANS CES ENGINS HORS DE PRIX...
ÇA FAIT NOUVEAUX RICHES !
NE DIS PAS ÇA !
IL Y A DES JAPONAISES DE BONNE QUALITÉ ET PAS TROP CHÈRES !
VROUM

POLICE ! DÉGAGEZ LA VOIE S'IL VOUS PLAÎT !!
オオオオオオオォ
VROOOOUM
DÉGAGEZ LA VOIE !!

VSH
VROUM

BRRR
BRRR
WAOUH !
C'ÉTAIT UNE VOITURE DE POLICE ?!
ON AURAIT DIT UN FAUCON SURVOLANT LA VOIE EXPRESS !
CHÉRI ! REPRENDS TES ESPRITS !
VROOOOUM
FRSHHHH

NOUS Y VOILÀ !
C'EST L'ENDROIT INDIQUÉ PAR LE GPS !
JE VOUS REMERCIE !
!
IL Y A DE LA LUMIÈRE ...
ILS DOIVENT ÊTRE À L'INTÉRIEUR !
BEN ALLEZ, CREVEZ !
ILS ONT DÉJÀ CLAMSÉ OU QUOI ?
DES SOMNIFÈRES ET DU POISON ?
LE SUICIDE LE PLUS RASOIR DU MONDE !
C'EST QUOI, CETTE FIN POURRIE ? LOL !
SEPPUKU ! SEPPUKU ! MDR !

VLAM
KILROY WAS HERE

TAP
TAP
AUCUN SENS DU SPECTACLE...
VOUS NE VOULEZ PAS LA REFAIRE ? LOL !
ANCHEMENT, JE SUIS TROP DÉG !
OH LE GROS PÉTARD MOUILLÉ !
TROP NUL !
REVEZ CREVEZ CREVEZ CREVEZ CREVEZ CREVEZ CREVEZ CREVEZ CR
TAP
TAP
TAP
TAP

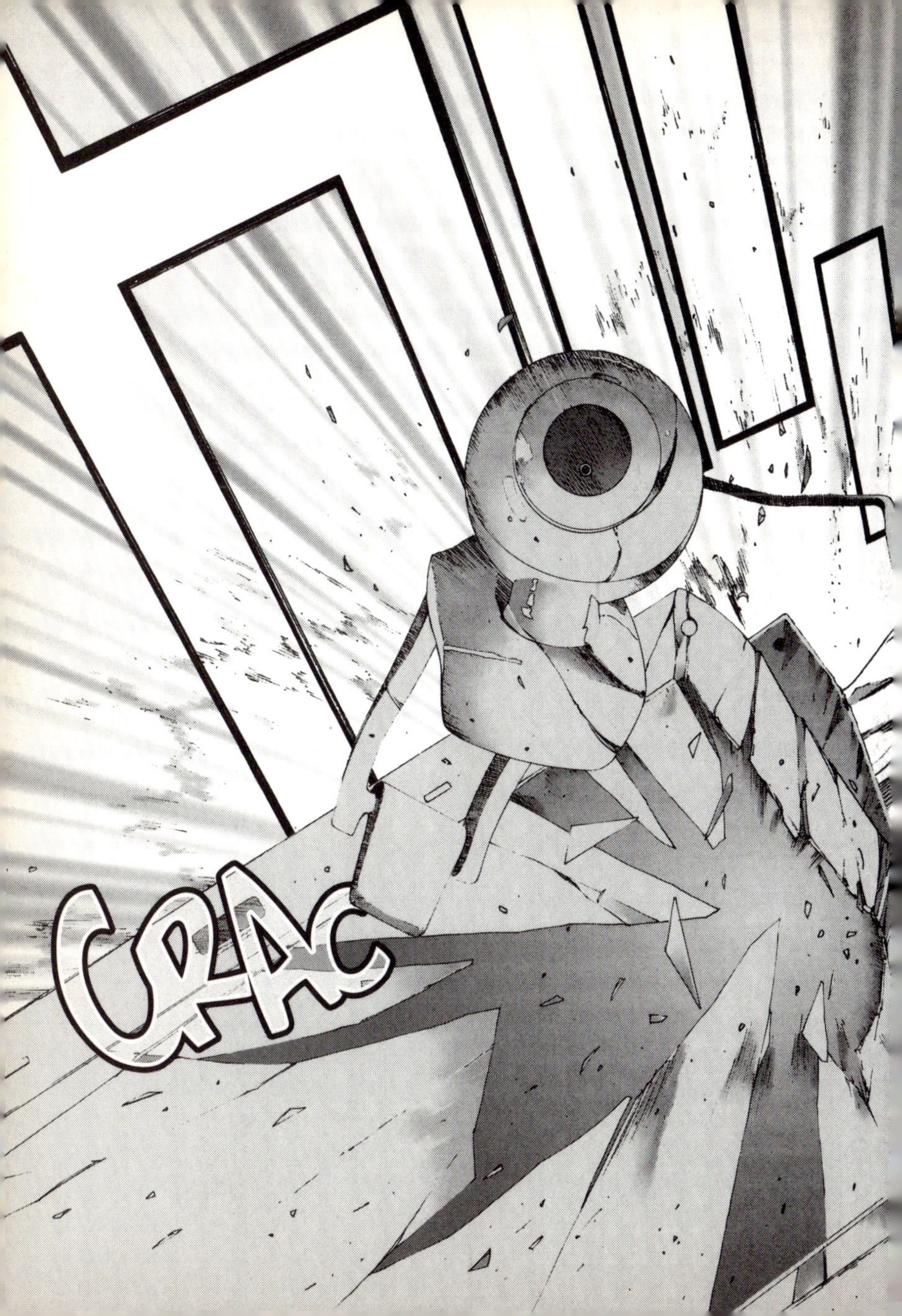
CRAC

CRAC
ギギッ
CLANG
ガシャーン
ヤッ

ON SE RENCONTRE ENFIN...
HIROAKI OKUDA !

J'AURAIS PRÉFÉRÉ ...
QUE CE SOIT DE TON VIVANT !
AH !
LIEUTE-NANT !
CEUX-LÀ...
RES-PIRENT ENCORE !
JE M'EN DOUTAIS !
LES TROIS AUTRES N'ONT PAS PRIS LE POISON !

TAP
JE VAIS APPELER UNE AMBULANCE !
JE COMPTE SUR VOUS !
BIZARRE...
C'EST AU MOMENT...
OÙ ILS ENLEVAIENT LEURS MASQUES, QUAND LES SPECTATEURS SE CONCENTRAIENT SUR LEURS VISAGES...
QUE KASAI A REMPLACÉ LES CAPSULES !
À PREMIÈRE VUE, C'EST UNE TRAHISON DE DERNIÈRE MINUTE...
MAIS L'INSTANT CHOISI ÉVOQUE PLUTÔT UN ACTE PRÉMÉDITÉ !
EN ADMETTANT QUE CE SOIT LE CAS...
!

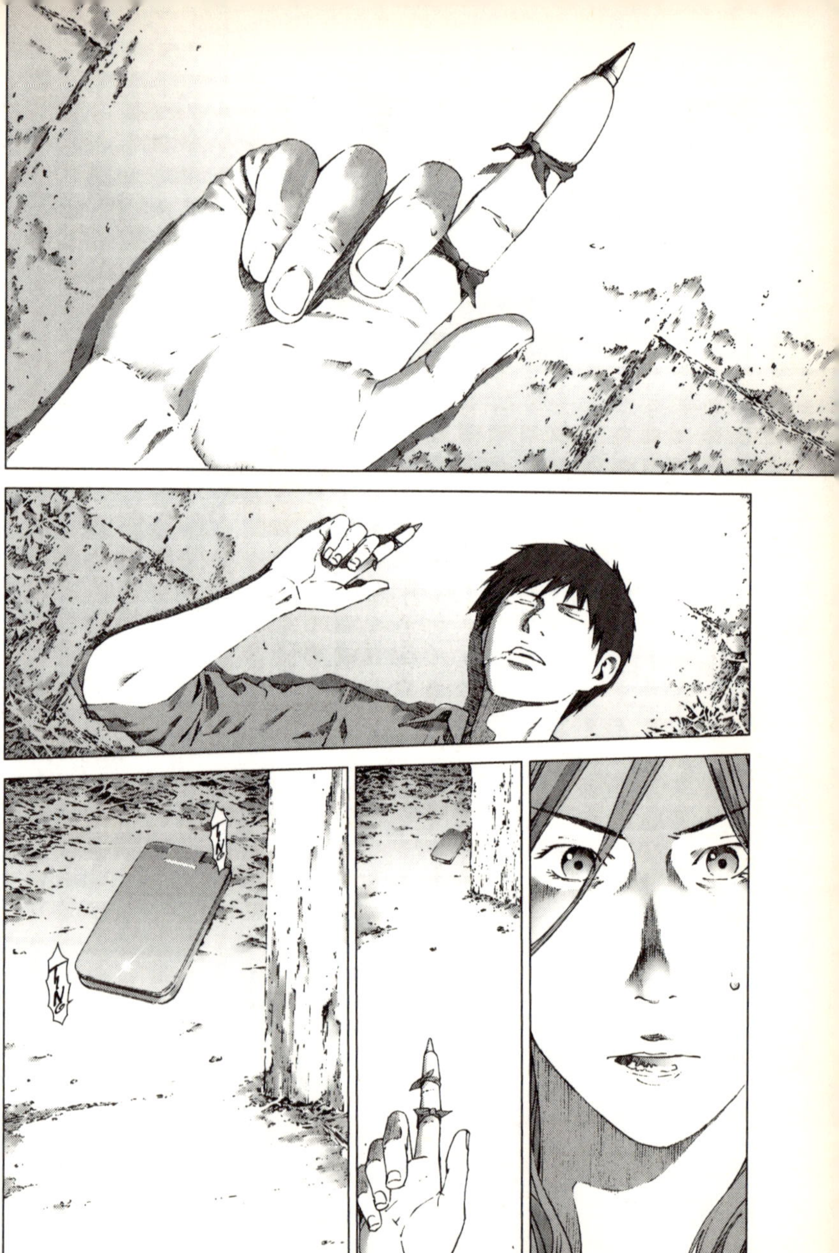
TING
TING

CLAP
パカッ
VIDÉO
LIRE
IL A PRIS UNE VIDÉO AVEC SON TÉLÉPHONE...
CLIC
ERIKA YOSHINO !
SI TOUT SE PASSE COMME PRÉVU...
C'EST VOUS QUI REGARDEZ CE FILM !
JE VOUS AI PROMENÉE À DROITE ET À GAUCHE...
PARCE QUE JE TENAIS À CE QUE VOUS FASSIEZ QUELQUE CHOSE POUR MOI !

POUR COMMENCER, JE VOUS DEMANDERAI DE MÉMORISER CES CHIFFRES !
DES COORDONNÉES GPS...
VOUS TROUVEREZ LÀ-BAS...
LES OSSEMENTS DE MON AMI, MORT DE MALADIE IL Y A TROIS ANS !
JE VOUDRAIS QUE VOUS LES DÉTERRIEZ POUR LES REMETTRE À SON PÈRE !
UN CORPS ?
SON NOM ÉTAIT NELSIN KATO RICARTE...
ON L'APPELAIT HYORO !
IL ÉTAIT VENU AU JAPON DANS L'ESPOIR DE RETROUVER SON PÈRE...
MAIS IL EST MORT SANS AVOIR PU LE RENCONTRER !
SIGNATURE Authorized Signature
Nelsin-Kato-Ricarte

JE N'AI PAS PU...
L'AIDER À RÉALISER SON RÊVE DE SON VIVANT...
MAIS JE TENAIS AU MOINS À CE QUE SA DÉPOUILLE ARRIVE À DESTINATION !
C'ÉTAIT MON SEUL BUT !
L'ENNUI, C'EST QUE JE NE SAVAIS MÊME PAS PAR OÙ COMMENCER...
J'IGNORAIS TOUT DES PARENTS DE HYORO, À PART QUE SA MÈRE ÉTAIT PHILIPPINE !
KILROY WAS HERE
ALORS J'AI DÉCIDÉ DE COMMETTRE DES CRIMES SPECTACULAIRES POUR POUSSER LA POLICE À ENQUÊTER À MA PLACE !
C'EST POUR ÇA QUE JE SIGNAIS À CHAQUE FOIS "NELSIN KATO RICARTE"...
FORMULAIRE D'INSCRIPTION
Nelsin-Kato-Ricarte

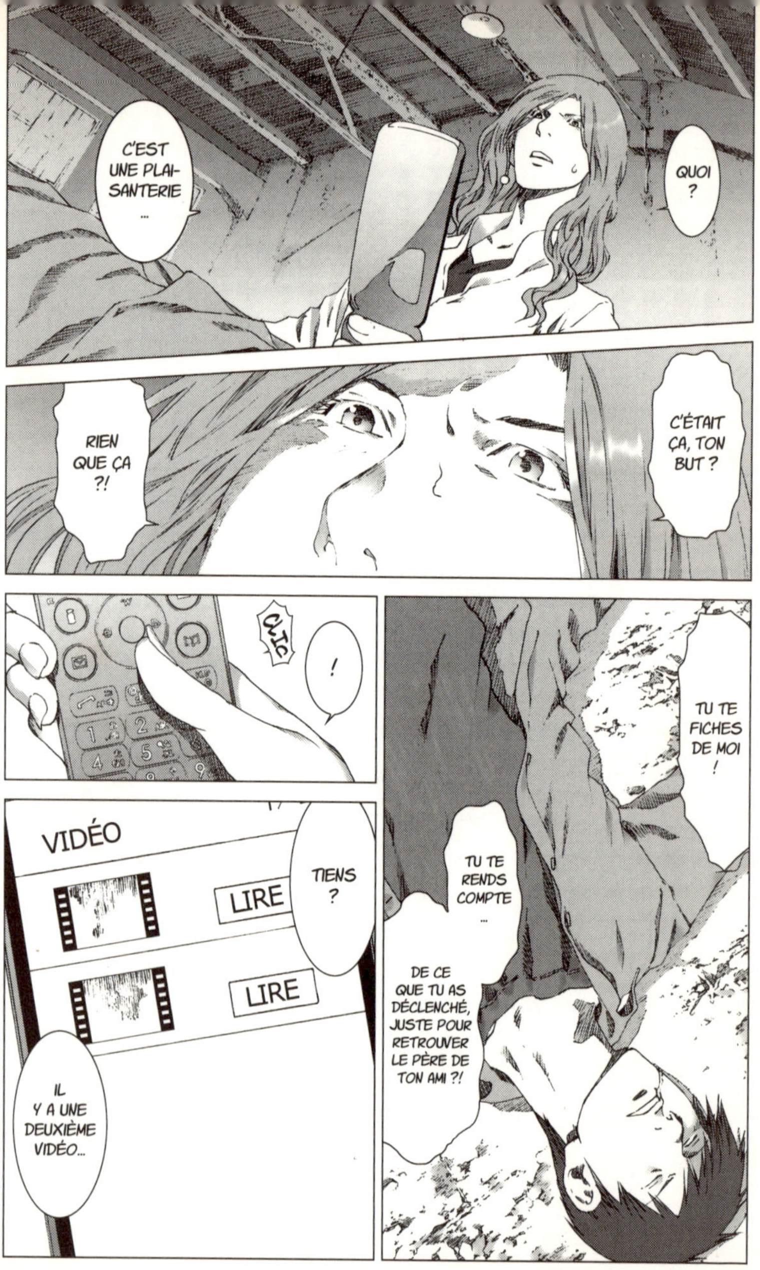
QUOI ?
C'EST UNE PLAISANTERIE ...
C'ÉTAIT ÇA, TON BUT ?
RIEN QUE ÇA ?!
TU TE FICHES DE MOI !
TU TE RENDS COMPTE ...
DE CE QUE TU AS DÉCLENCHÉ, JUSTE POUR RETROUVER LE PÈRE DE TON AMI ?!
CLIC
!
VIDÉO
LIRE
LIRE
TIENS ?
IL Y A UNE DEUXIÈME VIDÉO...

ET TOI ... HYORO ?
QU'EST-CE QUE TU FERAS, UNE FOIS QUE TU AURAS RETROUVÉ TON PÈRE ?
EUH ...
À VRAI DIRE ...
JE N'Y AI PAS PENSÉ !
AH ! JE SAIS !
JE L'APPELLERAI "PAPA" !
ÇA N'A RIEN À VOIR AVEC UN PROJET D'AVENIR !
TU ES COMPLÈTEMENT À CÔTÉ DE LA PLAQUE !
AH BON ?

POUVOIR LE RENCONTRER ...
C'EST TOUT CE QUE JE DEMANDE !
STOP
RETOUR
MAIL
LIRE
BIP
...
POUR-QUOI ?

DAIKI...
BOBOM
JE N'ARRÊTE PAS DE PENSER ...
À CE QUE VOUS AVEZ DIT AU CAPITAINE MATSUMOTO !
POUR MA PART, J'AI EU LA FERME IMPRESSION ...
QUE VOUS TOUCHIEZ AU CŒUR MÊME DE L'AFFAIRE !
BOBOM
IL ARRIVE QUE DES INDIVIDUS PRENNENT DES DÉCISIONS ALLANT À L'ENCONTRE DE LEUR INTÉRÊT PERSONNEL...
QUAND ILS ONT LA CONVICTION D'AGIR POUR LE BIEN DES AUTRES !

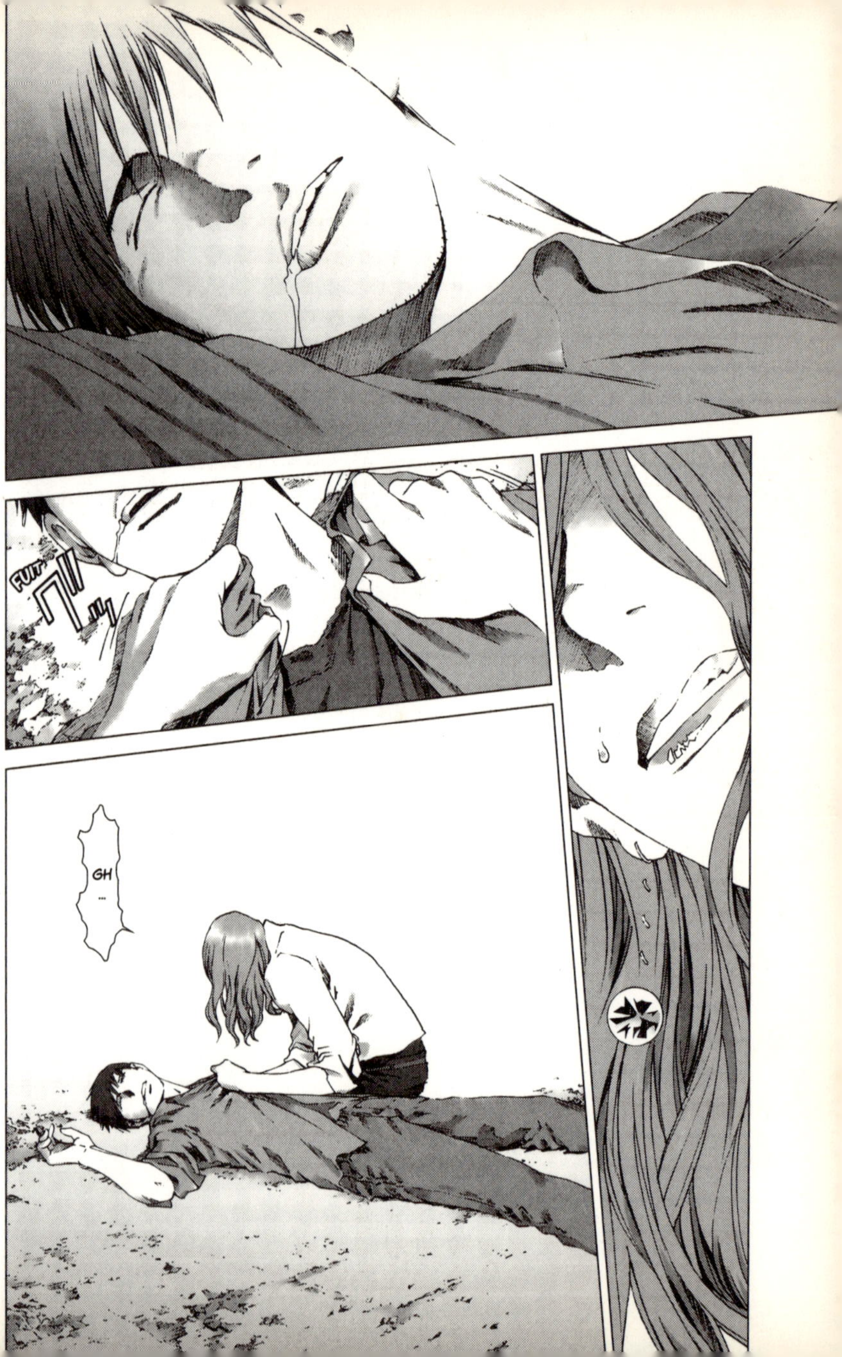
FUIT
GH
...

JE ME SOUVIENS À PEINE...
DE CE QUE JE CRIAIS, QUAND LES SECOURS SONT ARRIVÉS...
IL ME SEMBLE QUE J'ABREU-VAIS OKUDA D'INSULTES.
MAIS TOUT EN DÉVERSANT MA COLÈRE...
JE RESSENTAIS UN PROFOND CHA-GRIN, COMME SI JE VENAIS DE PERDRE MON PLUS GRAND AMOUR !

ET JE NE CESSAIS DE PRIER...
POUR QUE L'ÂME DE CE MALHEUREUX FOU...
REPOSE EN PAIX !

PROPHECY

DOSSIER 22

NELSIN KATO RICARTE ÉTAIT UN MÉTIS PHILIPPINO-JAPONAIS...
TAC
TAC
DÉCÉDÉ EN 2008.
HIROAKI OKUDA A PASSÉ TROIS ANS À METTRE AU POINT UN STRATAGÈME...
POUR POUSSER LA POLICE À ENQUÊTER SUR LES ORIGINES DE SON AMI ET À REMETTRE SES OSSEMENTS À SON PÈRE !
MAIS CE PLAN COMPORTE TROIS DÉFAUTS MAJEURS !

PREMIÈREMENT...
RÉCUPÉRER LES RESTES DE QUELQU'UN DONT LE NOM A ÉTÉ UTILISÉ POUR COMMETTRE DES ACTES DE TERRORISME...
PEUT ÊTRE UN VÉRITABLE PARCOURS DU COMBATTANT POUR LA FAMILLE !
ET DANS LE CAS PRÉSENT, IL EST QUESTION D'UN PÈRE QUI N'A JAMAIS RECONNU SON FILS ET QUI NE LUI A DONNÉ AUCUN SIGNE DE VIE PENDANT 20 ANS...
沖縄そば
LE PROJET DE FAIRE ACCEPTER PAR UN PAREIL INDIVIDU L'EXISTENCE D'UN ENFANT SUR QUI PÈSENT DE GRAVES ACCUSATIONS ÉTAIT COMPLÈTEMENT IRRÉALISTE !
C'EST PEUT-ÊTRE POUR CETTE RAISON...
QU'OKUDA N'AVAIT PRIS AUCUNE DISPOSITION POUR EMPÊCHER LA POLICE DE DÉCOUVRIR TROP FACILEMENT SON NOM ET CELUI DE SES COMPLICES...

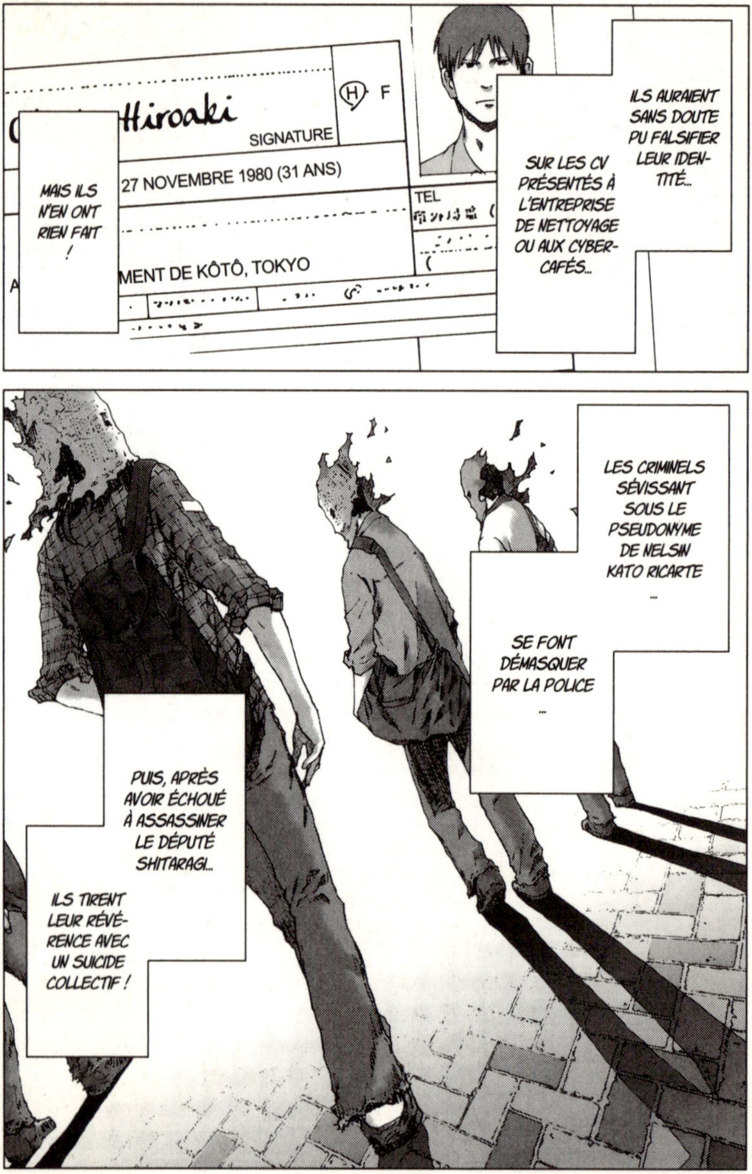
ILS AURAIENT SANS DOUTE PU FALSIFIER LEUR IDENTITÉ...
SUR LES CV PRÉSENTÉS À L'ENTREPRISE DE NETTOYAGE OU AUX CYBER-CAFÉS...
H F
Hiroaki
SIGNATURE
27 NOVEMBRE 1980 (31 ANS)
TEL
MENT DE KÔTÔ, TOKYO
MAIS ILS N'EN ONT RIEN FAIT !
LES CRIMINELS SÉVISSANT SOUS LE PSEUDONYME DE NELSIN KATO RICARTE ...
SE FONT DÉMASQUER PAR LA POLICE ...
PUIS, APRÈS AVOIR ÉCHOUÉ À ASSASSINER LE DÉPUTÉ SHITARAGI...
ILS TIRENT LEUR RÉVÉRENCE AVEC UN SUICIDE COLLECTIF !

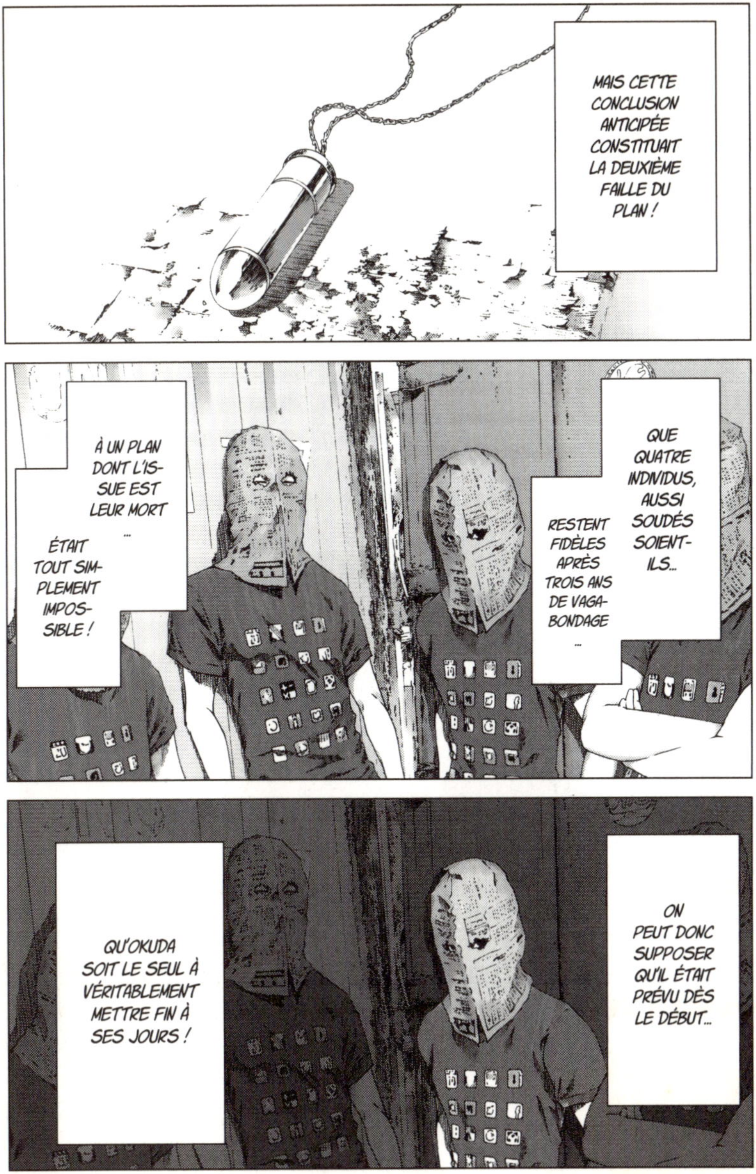
MAIS CETTE CONCLUSION ANTICIPÉE CONSTITUAIT LA DEUXIÈME FAILLE DU PLAN !
QUE QUATRE INDIVIDUS, AUSSI SOUDÉS SOIENT-ILS...
RESTENT FIDÈLES APRÈS TROIS ANS DE VAGABONDAGE...
À UN PLAN DONT L'ISSUE EST LEUR MORT...
ÉTAIT TOUT SIMPLEMENT IMPOSSIBLE !
ON PEUT DONC SUPPOSER QU'IL ÉTAIT PRÉVU DÈS LE DÉBUT...
QU'OKUDA SOIT LE SEUL À VÉRITABLEMENT METTRE FIN À SES JOURS !

EN PRÉVISION DE CE MOMENT, IL A ÉCRIT UN SCÉNARIO...
SELON LEQUEL IL MANIPULAIT LES TROIS AUTRES PAR LA TERREUR ET PAR LA VIOLENCE !
EN SEPTEMBRE 2008, ALORS QUE LUI ET SES FUTURS COMPLICES TRAVAILLAIENT COMME JOURNALIERS DANS UNE ZONE MONTAGNEUSE DE LA PRÉFECTURE Y...
ILS ONT TUÉ KIYOSHI ISHIDA (58 ANS), LE CONTREMAÎTRE DU CHANTIER...
ALORS QUE TERAHARA SE DISPUTAIT AVEC ISHIDA À PROPOS DU MANQUE D'EMPLOYÉS QUI RETARDAIT L'AVANCEMENT DES TRAVAUX...
OKUDA LUI A REMIS UNE PELLE AFIN QU'IL FRAPPE LE CONTREMAÎTRE...

PUIS IL A CONVAINCU KASAI ET KIMURA DE FAIRE DE MÊME...
ET ILS ONT BATTU ISHIDA À TOUR DE RÔLE, JUSQU'À CE QU'IL NE RESPIRE PLUS !
OKUDA S'EST SERVI DE CET INCIDENT POUR FAIRE CHANTER LES TROIS HOMMES ET LES OBLIGER À DEVENIR SES FIDÈLES LARBINS.
VOILÀ L'HISTOIRE PRÉSENTÉE DEVANT LES TRIBUNAUX !
TERAHARA, KASAI ET KIMURA ONT PRÉSENTÉ COMME PREUVES...
LES MEURTRISSURES ET ÉCORCHURES DUES À DES LABEURS JOURNALIERS...
ET ILS ONT PRÉTENDU QU'IL S'AGISSAIT DE BLESSURES INFLIGÉES PAR OKUDA !

L'ÉLÉMENT LE PLUS DÉTERMINANT A ÉTÉ UNE GRAVE BRÛLURE AU BRAS DROIT DE KIMURA...
APPAREMMENT, C'EST LE RÉSULTAT D'UN BLÂME ...
REÇU POUR AVOIR APPELÉ LA POLICE LE 2 JUIN.
ON A DÉCOUVERT UNE BRÛLURE DE MÊME NATURE SUR LE BRAS GAUCHE D'OKUDA...
SELON LE TÉMOIGNAGE DE KASAI, IL SE L'EST LUI-MÊME INFLIGÉE...
POUR AVOIR INUTILEMENT PROVOQUÉ UN INCIDENT LE 30 MAI, À AKIHABARA.
TERAHARA, KASAI ET KIMURA ONT TOUS TROIS AFFIRMÉ...
QUE TOUT EN OBÉISSANT À OKUDA, ILS GUETTAIENT UNE OCCASION D'ÉCHAPPER À SON INFLUENCE !

PAPERBOY, AUTREFOIS SURNOMMÉ LE DIEU DU WEB...
ÉTAIT UNE FIGURE CHA-RISMATIQUE ET MANIPU-LATRICE !
MAIS APRÈS AVOIR ÉCHOUÉ À ASSASSINER UN DÉPUTÉ...
IL S'EST ATTIRÉ LES FOUDRES DES INTERNAUTES DÉÇUS...
ET A CONNU UNE FIN PATHÉ-TIQUE, TRAHI PAR SES COM-PLICES.

KASAI S'EST VOLONTAIREMENT PLACÉ DANS LE CHAMP DE LA CAMÉRA...
POUR LAISSER TOMBER LES CAPSULES CONTENANT LE CYANURE.
IL EN A ENSUITE DONNÉ DES VIDES À TERAHARA ET À KIMURA...
PUIS TOUS TROIS ONT FAIT SEMBLANT DE SE SUICIDER.
SEUL OKUDA A RÉELLEMENT ÉTÉ EMPOISONNÉ CONFORMÉMENT À LA PRÉVISION DE PAPERBOY !
VOILÀ L'HISTOIRE QUE LES SURVIVANTS DEVAIENT RACONTER...
AFIN QUE LE SACRIFICE DE LEUR CAMARADE PUISSE LES SAUVER !

DE NOMBREUX PASSAGES SONNAIENT FAUX DANS LES TÉMOIGNAGES DES SURVIVANTS...
IL ÉTAIT CLAIR QU'ILS JOUAIENT LA COMÉDIE QUAND ILS PRÉTENDAIENT AVOIR ÉTÉ MENACÉS PAR OKUDA...
MAIS L'ACCUSATION N'A JAMAIS PU LE PROUVER.
MEURTRE...
INCENDIE CRIMINEL...
CYBERTERRORISME...
KIDNAPPING...
MENACE DE MORT À L'ENCONTRE D'UN DÉPUTÉ EN FONCTION...
LA SENTENCE POUR CETTE SÉRIE DE CRIMES...
A ÉTÉ EXCEPTIONNELLEMENT CLÉMENTE, AVEC DES PEINES ALLANT DE QUATRE À CINQ ANS DE PRISON.

TROIS ANS PLUS TARD, PRISON DE LA VILLE F.
39E FÊTE
LA CULTURE DE LA PRISON
ET MAINTENANT, UN MORCEAU DE GUITARE ...
COMPOSÉ PAR LE DÉTENU 1874 DU BLOC NORD !
BLA
ザワ
HA HA HA !
C'EST UNE PERRUQUE, NON ?
MATEZ LA TIGNASSE !
BLA
ザワ

J'AI PERDU UN AMI TRÈS CHER...
JUSTE AVANT DE ME RETROU-VER DERRIÈRE CES MURS !
MAL-HEUREU-SEMENT...
JE NE PEUX RIEN FAIRE POUR HONORER SA MÉMOIRE...
À PART COMPOSER !
AUJOURD'HUI, C'EST POUR LUI QUE JE VAIS CHANTER !
OUVREZ BIEN GRAND VOS OREILLES...

DZING
C'EST UN PRO ?
WAOUH !
IL EST BON !
WOOO OOOH !!

EH ! C'EST QUOI, CETTE CHANSON ?!
MONSIEUR LE DIRECTEUR !
LES PAROLES N'ONT RIEN À VOIR AVEC LES TEXTES QU'IL NOUS AVAIT REMIS !
LA VIE EN PRISON, C'EST DE LA BALLE ! AUJOURD'HUI AUSSI, JE BOSSE SANS FAIBLIR ! (YEAH !) UNE VIE ORDONNÉE ! UNE VIE BIEN RANGÉE !
ÊTRE UN BON CITOYEN, C'EST GÉNIAL !
FAITES-LE TAIRE SUR-LE-CHAMP !!
CETTE CHANSON N'A PAS ÉTÉ AUTORISÉE !
TOMOHIKO KASAI, CONDAMNÉ À CINQ ANS DE PRISON. PROLONGATION D'UN AN POUR MAUVAISE CONDUITE.

J'AI TERMINÉ !
OH !
TU ES ENCORE LE PREMIER !
HMM...
C'EST DU BON BOULOT !
TU AS DÉJÀ TRAVAILLÉ SUR DES MURS DE SOUTÈNEMENT ?
MA FAMILLE EST DANS LE BÂTIMENT...
J'AIMERAIS REPRENDRE LA BOÎTE, UN JOUR !
JE COMPRENDS...
CONTINUE COMME ÇA ET TU Y ARRIVERAS !
SHINICHI TERAHARA,
CONDAMNÉ À CINQ ANS ET SIX MOIS DE PRISON.
PURGE ACTUELLEMENT SA PEINE.

C'EST AUJOURD'HUI QUE JE SORS, MONSIEUR !
SIGNE ICI !
OUPS !
CLAC
TOC
...
KÔICHI KIMURA,
CONDAMNÉ À QUATRE ANS DE PRISON.
ACTUELLEMENT EN LIBERTÉ CONDITIONNELLE.
EXCUSEZ-MOI...

LE BLÂME REÇU IL Y A TROIS ANS ...
M'A VALU UNE BELLE CICATRICE SUR LE COUDE DROIT, AINSI QU'UNE PARALYSIE NERVEUSE !
KIMURA KÔ
JE N'AI PLUS LA FORCE DE PLIER LE POUCE...
NI DE LEVER LE POIGNET...
C'EST CE QU'ON APPELLE UNE PARALYSIE DU NERF RADIAL !
LORSQUE C'EST DÛ À UNE MAUVAISE POSITION PENDANT LE SOMMEIL, ÇA DISPARAÎT AU BOUT DE SIX MOIS AU PLUS...
SAUF QUE MOI...
PSHH
JE RISQUE DE RESTER COMME ÇA TOUTE MA VIE !

MAIS MÊME SI C'EST LE CAS...
CE N'EST RIEN COMPARÉ AU PRIX QUE HIROAKI A PAYÉ CE JOUR-LÀ !
JE ME DEMANDE ...
SI L'ENDROIT OÙ J'AI DÛ LAISSER LE PARAPLUIE...
EXISTE ENCORE !

IL N'Y A QUASIMENT AUCUNE CHANCE QU'UN PARAPLUIE SOIT RESTÉ SUR PLACE PENDANT TROIS ANS...
SANS QUE PERSONNE NE LE REMARQUE !
MAIS JE DOIS QUAND MÊME ALLER VÉRIFIER...
PARCE QUE J'AI PROMIS À CETTE FILLE...
DE LE LUI RENDRE !

ET C'EST CE QUE JE FERAI...
S'IL EST TOUJOURS LÀ OÙ JE L'AI LAISSÉ !
RAMEN TAKAMURA
ENFIN BON... RIEN NE ME DIT QU'ELLE TRAVAILLE ENCORE DANS CE RESTAU-RANT...
ET PUIS MIGNONNE COMME ELLE ÉTAIT...
ELLE DE-VAIT AVOIR DES TAS D'ADMIRA-TEURS !
ÇA NE M'ÉTON-NERAIT PAS QU'ELLE SOIT MARIÉE, VOIRE MÊME MÈRE DE FAMILLE...
JE NE VEUX MÊME PAS Y PENSER...
NON !
TOUT ÇA N'A AUCUNE IMPOR-TANCE !

JE ME FICHE ... QU'ELLE ME TROUVE BIZARRE...
JE TIENS À LA REVOIR POUR LUI DIRE MERCI !
EH BIEN PASSEZ QUAND VOUS VOULEZ !
JE VOUS ATTENDRAI !
SI ELLE SAVAIT...
À QUEL POINT CES QUELQUES MOTS M'ONT SAUVÉ !

TAP
C'EST LÀ !
SI JE PRENDS CETTE RUELLE ...
J'APERCEVRAI L'ENDROIT OÙ IL ÉTAIT ACCROCHÉ !
CELUI QUE J'ÉTAIS IL Y A TROIS ANS...
N'AURAIT MÊME PAS SONGÉ À REVENIR ICI...
MAIS ...
JE VEUX À NOUVEAU CROIRE ...

AUX MIRACLES !

TCHAC
HAN
TCHAC
TCHAC
HAN
LA TROISIÈME FAILLE...
TAC
TAC
DU PLAN D'OKUDA ...
C'EST QUE...
RIEN NE M'OBLIGE À PARTIR À LA RECHERCHE DU PÈRE DE NELSIN KATO RICARTE POUR LUI REMETTRE LES RESTES DE SON FILS !
SLURP

APRÈS TOUT, LE DÉPARTEMENT ANTI-CYBERCRIMINALITÉ NE PEUT PAS SE CONSACRER INDÉFINIMENT À LA MÊME AFFAIRE...
IL Y A TOUJOURS PLUS D'IMBÉCILES QUI TROUVENT DE NOUVEAUX MOYENS DE SE FAIRE REMARQUER SUR LE NET !
JE SUIS ENTRÉ DANS LA LÉGENDE
How much is this a human?
TOC
MAIS DANS MA GRANDE MAGNANIMITÉ ...
TIENS ?!
J'AI DÉCIDÉ DE JOUER LE JEU !
POLIC
LIEUTENANT !
ON A TROUVÉ QUELQUE CHOSE !!

TSS
...

KILROY WAS HERE
PAR RESPECT POUR CET HOMME…
QUI AVAIT TOUT PRÉVU ET QUI EST ALLÉ JUSQU'AU BOUT DE SES IDÉES…
J'ACCEPTE DE ME LAISSER ENCORE UN PEU MENER PAR LE BOUT DU NEZ !

AUTEUR
Tetsuya Tsutsui

ÉDITION FRANÇAISE
Ahmed Agne
Cécile Pournin

ÉDITION JAPONAISE
Yoshikazu Masuzawa

FIN

Merci de m'avoir lu jusqu'au bout !

Tetsuya Tsutsui

2013.8.5

Scumbag Loser
Le lycéen le plus ignoble du globe
est en passe de trouver son maître !
Mikoto YAMAGUTI
Scumbag Loser 1
Une série en 3 tomes
© Mikoto Yamaguti / SQUARE ENIX CO., LTD.
Editions Ki-oon
www.ki-oon.com

JUSQU'À CE QUE LA MORT NOUS SÉPARE
Until Death Do Us Part
LE THRILLER URBAIN SELON SQUARE ENIX
JUSQU'À CE QUE LA MORT NOUS SÉPARE
1
Hiroshi TAKASHIGE
DOUBLE-S
JUSQU'À CE QUE LA MORT NOUS SÉPARE
2
Hiroshi TAKASHIGE
DOUBLE-S
© Hiroshi Takashige, DOUBLE-S / SQUARE ENIX
Editions Ki-oon
www.ki-oon.com

JUDGE
ジャッジ
ET TOI, QUEL EST TON PÉCHÉ ?
Par l'auteur de Doubt
JUDGE 1
Yoshiki TONOGAI
© Yoshiki Tonogai / SQUARE ENIX CO., LTD.
Editions Ki-oon
www.ki-oon.com

PROPHECY, vol. 3

First published in France in 2013 by AC Media.

Édition française

Traduction :
David Le Quéré

Adaptation graphique :
Clair Obscur

ISBN : 978-2-35592-605-1
Dépôt légal : décembre 2013
Achevé d'imprimer en France par CPI Aubin Imprimeur